有爱的青春陪伴者

川十一 著

CHUAN SHIYI

Bikeai gengkeaideni

比可爱更可爱的你

花山文艺出版社
河北·石家庄

图书在版编目（CIP）数据

比可爱更可爱的你 / 川十一著. -- 石家庄 : 花山文艺出版社，2023.3
ISBN 978-7-5511-6375-0

Ⅰ. ①比… Ⅱ. ①川… Ⅲ. ①长篇小说—中国—当代 Ⅳ. ①I247.5

中国国家版本馆CIP数据核字(2023)第017851号

书　　名：比可爱更可爱的你
Bi Ke'ai Geng Ke'ai De Ni
著　　者：川十一

责任编辑：于怀新
责任校对：贺　进
美术责编：王爱芹
特约编辑：周丽萍　李　娜
封面设计：孙欣瑞
内文设计：孙欣瑞
封面绘制：桃桃子　ByGin
出版发行：花山文艺出版社（邮政编码：050061）
（河北省石家庄市友谊北大街330号）
销售热线：0311-88643221
传　　真：0311-88643225
印　　刷：长沙鸿发印务实业有限公司
经　　销：新华书店
开　　本：880mm×1230mm　1/32
印　　张：8.5
字　　数：173千字
版　　次：2023年3月第1版
2023年3月第1次印刷
书　　号：ISBN 978-7-5511-6375-0
定　　价：39.80元

目录

目录

第一章

那个男孩 /

01

作为洛家的独苗，我一直天真地以为我是家里的宠儿，最少也是几个月不见，母亲会含着泪说“吾儿瘦了”的那种。

然而，天有不测风云。

我背着重重的画板，独自一人踏上归家的小路，而那一箱乱七八糟的颜料就是赋予我新生的神明。

默默地站在家门口，心里幻想的是可乐、炸鸡、薯条、猪蹄的我，满怀期待地打开门，然后看到了一个陌生男孩，站在屋里，面无表情地看着我。

“啪”的一声。

我快速把门关上。

“不对啊，家里的钥匙还能开别人家的门？”我倒吸了一口凉气，嘀咕着，“难道是因为这年头的钥匙都长一个样儿？”

就在我满脸疑惑的时候，门从里面打开了。

“洛落？”

“啊！”认识我？

我踮起脚往屋里张望，发现这确实是自己家，而眼前的男孩却没有见过。

他扫了我一眼，丢下“进来”两字，然后淡淡地说了一句“宋远”，就头也不回地转身进去了。

呵，冷漠。

装什么霸道总裁呢！

我瞥了一眼宋远，默默地将一旁客房的门打开，想看看他是不是真的住进了家里，我左脚还没迈进去，就听到“砰”的一声，客房门被关上了。

“这是我的房间，你的在隔壁。”

“哦……”

这个人真的好凶。

我开始思索自己的老爸是不是在外边给我找了一个倒霉哥哥，可是一想到这哥哥长得如此好看，我心里乐开了花。都说兄妹基因相近，他长得眉清目秀、仪表堂堂，还是个冷公子，那我岂不是面若桃花、身姿曼妙的小女子？

“哥哥？”我小声试探了一句。

看到宋远蹙眉的模样，我才反应过来，我姓“洛”，他姓“宋”。

难道是我妈捡来的？

听到门口传来窸窸窣窣的声音，我转头一看，是母亲回来了。

“洛落？”母亲很是疑惑地看着我，抱怨道，“你怎么这么快就回来了？”

我已经不是你最爱的崽了。

“这是你凌姨的儿子，你们两岁的时候见过呢，因为凌姨去美国了，所以阿远就暂时住在我们家。他成绩好，刚好可以给你补补课。”

母亲说完，立马转头和蔼可亲地对宋远说：“阿远，今天买了排骨和玉米，给你煲汤，学习那么累，要补一补的。”

我被母亲的偏心震惊了，都说人在屋檐下不得不低头，怎么看起来我才是那个外来的!

我踱着小碎步蹭到母亲身边，嘟囔道：“妈，我真见过他?我怎么一点儿印象都没有了？”

在这十八年里我从未听说过自己有“竹马”，只知道和自己一块长大的小可爱杨帆。

“我不是经常说起你凌姨的儿子吗?就是阿远。”

看着母亲疑惑的样子，我这才想起来被母亲挂在嘴边的“别人家的孩子”就是宋远。

天煞我也!

这厮还真是和我犯冲，居然杀到我家里来了!

02

高考倒计时 115 天，这是一个不值得纪念的日子，我要和宋远成为同桌。

亲爱的母亲一身正装，对着某人嘘寒问暖：“阿远，到了学校如果有什么需要就去办公室给我打电话，这些东西你带着，是补身体的，如果有什么想吃的，就告诉阿姨。你这是第一次住在阿姨家，阿姨也不知道有没有照顾周全。”

作为她亲生女儿的我被忽略得干干净净，我转过头死死地盯着宋远——

他宋远不就是长得好看点吗，母亲至于这么母爱泛滥？真是让人嫉妒!

大概是我的目光太过灼灼，宋远瞟了一眼“孤苦无依”的我，大发善心地说道：“阿姨，排骨汤、鱼头、猪蹄、鸡蛋这些给洛落，她比我更需要。”

一听到宋远这么说，我就“激动”了，呛声道：“其实啊，妈，你应该给你的阿远准备鲈鱼、虾、枸杞、红茶和羊肉！”

一向护短的母亲直接给了我当头一棒，气恼地说：“脑子里装的都是什么！”

我委屈，作为小仙女的我是在关心自己的新同桌啊。

“今天开始住校，好好学习，要吃什么和妈说。你联考、校考成绩可以，学校有意栽培你，好不容易去了重点班和阿远同桌，你可得上点儿心，不然就耽误阿远了。”

栽培？耽误？母亲在说什么？难不成宋远这个冰山男还会愿意帮我补课?

之前在画室的时候，我就听说有一学神转校到五中，没想到居然住到我家了。

我将手机掏出，打字。

树上的喵：知道那个学神宋远吗？

树上的喵：知道吗？

树上的喵：他就是个毒舌男！走高冷人设的那种！

树上的喵：在我家！我家！

路上的帆：宋远？刚转来学校的那个帅哥？

路上的帆：oh my god！姐们，我想到一个稳赚不赔的买卖。

路上的帆：到校之后商量！

树上的喵：好嘞。

虽然不知道杨帆打的什么鬼主意，但坑的对象是宋远的话……鉴于此人截和我的美食，还霸占我母亲的宠爱，我举双手双脚赞同。

将手机放入兜里，我迅速变脸，朝着我的老母亲傻乐一秒。虽然我心中对文科艺术一班有千般不舍，可还是得接受自己要和宋远成为同桌的事实。

听说做同桌是宋远同学提出的要求，我轻轻推了一下宋远，低声问道：“你是不是在我妈那里捞了什么好处，不然我们俩无亲无故，你干吗主动帮我补课？”

本以为宋远也会配合我刻意压低声音说话，却没想到他清了清嗓子，嘴角微微上扬，用一副“你错怪为师”的语调对我说道：“洛落同学，我知道你基础不好，就想帮你一把，你怎么能觉得我是贪图什么钱财。”

于是，在他温声细语的教导之下，我被母亲痛批了一顿。

这下梁子结大了！

因为文科重点班的学生早就安排好了寝室，只能选择和文科艺术一班住宿的我有一种找到归宿的感觉，而学校外面那个所谓的家已经归了宋远，毕竟我的亲妈现在眼里只有别人家的孩子。

返校后，我拒绝了宋远的帮助，直接将行李箱搬到三楼，看到一脸慵懒的杨帆，扑倒在她怀里。

“亲爱的，想我了吗？”

“别闹。”一向温柔可人的杨帆把我给推开了，有些气鼓鼓地说，“你联考、校考出色的表现已经被我妈知道了，她说同样是美术生怎么有那么大的差距。”

“是啊，做人的差距怎么那么大！”一想到我那同桌，我就觉得头疼得厉害，他可是传说中的学神。

“你怎么一副比我还惨的样子？”她难以置信地看着我。

“你不懂！我美术专业成绩是不错，可是文化成绩拖后腿，我亲爱的母亲为此劳心劳力。皇天不负有心人，凌姨远赴美国，她的宝贝儿子宋远作为一个天才少年，暂住我家，我妈是怎样的人，你又不是不知道。”

一听到我抱怨自己的母亲，杨帆立马就明白了我的意思，笑嘻嘻地打趣道：“为了五毛钱可以斤斤计较，却能够在麻将桌上输钱不眨眼的洛落妈做了什么？该不会是将宋远养在屋檐下，当未来的女婿吧？”

如果真是这样还好，至少不会被人盯着写卷子。这种闭着眼睛都知道我哪一步写错的学神，我这种小杂鱼真的惹不起。

“我妈是让我去重点班上课。”

“跟不上啊姐妹！”

“事情哪有那么简单，我妈专门拜托宋远给我补课……”

杨帆表示万分的不舍和惋惜：“好吧，那以后就不能和你一个班啦……不过，宋远这人是看着冷冰冰的不好亲近，可因为颜值出众，平时仍然有不少小姑娘在他旁边晃悠呢。”

杨帆朝我眨了两下眼睛，换上满面的笑容继续说道：“之前说的买卖嘛，你到时候偷偷给宋远拍照、画像，然后再转手给那些迷妹，没准可以大赚一笔。”

“这……不好吧？”

“还记得上次那一套洛丽塔的裙子吗？”

“我可以！”

我对不起宋远，对不起母亲对我的苦心，归根结底还是零花钱太少、宋远太惨、姑娘太穷。

03

和杨帆聊完之后，我就后悔了，总觉得行走在“江湖”上，是要讲道义的，毕竟偷偷画人家不是什么好事。

思来想去，我决定了，我要正大光明地画！

准备好速写纸、笔，很端正地坐在座位上，我开始上下打量宋远。

阳光透过深绿色的叶子，出现淡淡的光晕，窗外树枝丫的影子落在他帅气的脸庞上，无形中添了几分气质，像极了正在摆“pose”的模特。

我掏出手机，“咔嚓”一声，拍了下来。

宋远闻声回头，从容地看着我。

呃，果然被发现了啊。

“你……嗯……不觉得今天的太阳挺好的吗？”

这大概就是传说中的尬聊，我还真是将“不要脸”发挥到了极致。

他微愣，然后去看窗外，我连忙将笔掏出，快速地打形，见他转过头，又装作一副认真做题的模样。

高考倒计时第 112 天，我只拥有宋远的一张半身像，还是那天偷拍到的，这不能怪我，课间十分钟真的太短了！而且又不是每次下课宋远都会老实地待在座位上。

杨帆得知这个情况后，觉得这买卖不大好做。

为了对金钱，不是，对美的无限追求，杨帆带着我去学校商店买了两罐可乐，陪我咕嘟咕嘟喝掉后，她鼓励我道：“怎么样，有没有信心今天画一幅全身像？”

可乐喝得我有点儿上头，气泡好像全都化成了勇气。

“有！”

我把空易拉罐丢进垃圾桶，火速赶回了教室。

完美！宋远在座位上！

我迅速地在画纸上勾勒轮廓，这一次为了节省时间画的是速写。画上的轮廓渐渐清晰，却好像不及他的清秀俊朗，我又有点儿上头，也许我心中的白衣少年，就是宋远的模样。

多看了他一眼，我赶忙摇摇头，将“白衣少年”这四个字从心里除名，冰冷毒舌的他与白衣少年分明就是两根无法相交的平行线。

“画什么？”

“你你你……”被发现了？

我只能干笑两声，一本正经地胡说八道：“校考和联考虽然结束了，可是以后我得靠这些东西养活自己，总是不能落下的。”

他意味深长地“哦”了一声：“看到外面的学妹没有？最近可没少到窗户外闲逛。”

“嗯？”我假装什么都不知道。

“你说你的画能值多少钱？”

我开始怀疑他早就发现了我的企图。

“哪能呢，我们这些做艺术的，哪有那么多想法，我这不是练手吗？再说了窈窕淑女、君子好逑，小哥哥生得如此俊美，人家杂志上的模特能看，你不是也能看吗？好看的模特可遇而不可求……”

“那些学妹是凑热闹，至于你……”宋远没让我继续胡扯，上下瞥了我几眼，继续说道，“画我可以，这里的画纸可一张都不能少，到时候送给我。”

“好。”这一个字我说得咬牙切齿。

04

周五，一个担惊受怕的日子。

本想着偷偷回家的我被杨帆逮个正着，刚才她拍我肩膀那一下，我现在都觉得疼得厉害。

“听说你最近画宋远大神进度不错？是不是越来越觉得他帅气了？”

也不知道班里的谁成了杨帆的眼线，这几天从我身旁经过的人不少，看到我的画册内容之后就立马告诉了杨帆。

杨帆所到之处都少不了八卦的味道，自然也是不会放过我的。

“怎么会，他还没有大卫好看。”我最爱的还是石膏头像。

“米开朗琪罗的雕塑？那宋远呢？”

“他啊，高级模特脸，也……”

这话还没说完，我就看到宋远迎面走来，赶紧将“好看”两字咽回去，一本正经地说道：“看看高考倒计时，我们要好好学习、天天向上，争取考个好的艺术类本科。”

“你干吗转移话题……”

我朝着杨帆眨了眨眼睛，她才知道宋远来了，笑着喊了一声“大神”就麻溜地跑掉了。

哼，如果是杨帆坐在宋远旁边，估计连画笔都不敢拿出来。

“高级模特脸怎么了？”

“……”

我还是交代了吧。

“夸你呢，毕竟你可是我的模特。”

“回家。”

话题就这么转移了？

他就不能多说几个字吗？

“哦。”

有时候还真要远离像宋远这样看似高冷，却喜欢在我妈面前不经意间补刀，把我推入一个被挨骂的制高点的人。

回到家中，看到我亲爱的母亲准备好了水果，热情地招待她家阿远，而我，自然是占便宜的那个人。

母亲将切好的杧果端过来，笑脸盈盈地说道：“洛落啊，这几天是不是进步了不少？阿远的成绩好，你可是要多学学的，如果文化不过关，专业成绩再好都没用。”

“还好还好。”我敷衍道。

“阿远啊，这几天洛落表现得怎么样？这进度会不会跟不上？”

“画得挺好的。”

“什么？”

宋远一副无辜的样子，而之后的休息日里，我母亲就一直围绕着“这都要到百日倒计时了，你怎么还有心情画画”的话题，对着我不停地碎碎念……

我脑壳痛……

宋远这个披着温柔邻家男孩人设的心机“boy”！

我委屈！想哭！

算了，哭不出。

我默默地掏出画册，盯着上面的宋远看了很久，然后再默默地将画册收起来。

还是不画这厮比较安全，不对……要画很多很多宋远不听课的样子，以后拿给凌姨看，让宋远知道谁才是凌姨的小宝贝！

05

今天天气真晴朗，处处好风光，好风光！

远在美国的凌姨开了视频电话，直夸我人美心善嘴甜，还说和自己的木头儿子比起来感觉我更像亲闺女，在那一刻我的心里瞬间平衡了。

宋远抢走了我母亲的宠爱，而我夺走了宋远妈妈的夸赞！

凌姨板着一张“温柔可人”的脸教训宋远：“宋远，让你去落落宝贝家不是让你像个大爷一样坐在那儿，平时多笑笑，不要像个木头人，咧嘴，笑！”

笑得很牵强的宋远表情有点诡异，但是看着他受欺负的样子，我忍不住在心里给了凌姨一个好评。

“哇哦，凌姨你好美哦，教训人的时候也好好看。”

敌人的敌人就是朋友，我亲爱的凌姨，爱你哟。

大概是我笑得太过猖狂的样子刺激到了宋远，他转头对着我母亲说道：“阿姨，洛落上周的数学又不及格，英语的阅读理解分数也不高，还有……”

“凌姨，宋远又欺负我！”

趁着母亲还没有为宋远伸张正义，我赶紧反击。

凌姨果然开始教训宋远，告诉他要好好教我功课，要耐心要温柔，以免我错过了心仪的大学。

果真我才是凌姨的小宝贝。

一个小时后，母亲早已不在现场，一旁的宋远终于挂掉电话，周身都散发着“寒气”。

我有种不祥的预感。

“你今天很闲？是卷子不够还是分数太高？”

妈耶！竟然用这个恐吓我！

我小声嘀咕：“你大人有大量就不要和我这个弱女了计较了嘛……”

这嘴上虽然是这么说的，可我心里还是美滋滋的，毕竟相处的这段时间以来，还是第一次看到有人训斥宋远，按照凌姨的话来说他就是：除了学习好，百无一用。

哪像我，是人见人爱的美少女。

宋远看了我一眼，竟然在笑，难不成被凌姨骂傻了？昔日的学神摇身一变成学痴，岂不是国家的损失？想想“百无一用”的宋远，我就觉得心疼，要是他智商不在线的话，拿什么情商来拯救？

想起开视频我得意的样子与他耷拉着脑袋的样子形成了鲜明的对比，我的良心有些不安，决定给宋远洗一个苹果。

我原本想着得弄一个漂亮的摆盘，可是思及我“感人”的刀工……算了，就切成四块，聊表心意吧。

看着一个盘子上装着四块苹果，宋远向我投来一个“感动”的眼神，一边心满意足地吃着我的苹果，一边用着爽朗的声音和我说话——

“今天写两张数学试卷、一张英语、一套文综。”

他其实只是拐着弯想让我写试卷的吧……

洛落卒，宋远胜。

我在心里安慰自己，写试卷好歹可以只写一个答字，写作业的时候谁敢这样啊？

某人坐在我面前拿着苹果哼着小曲，颇有大老爷的作风。

06

上周周末的时候，宋远消失了一天，也不知道去做什么，不免让我产生好奇，于是趁着这周末他同一时间出门，我就拿着相机悄悄地跟了上去。

我一定要看看这家伙悄悄地去干什么“坏事”了，还要留下证据！

可是还没跟过一条街，我就被发现了……

宋远死盯着我的相机，一副要杀了我的眼神。

我赶忙解释道：“你是凌姨的宝贝儿子嘛，我母亲嘱咐我平时多给你拍几张照片，到时候可以给凌姨看。”

听完后，他没有反驳，只是淡淡地看了我一眼，高冷依旧。

按理来说，我和宋远也算得上半个“青梅竹马”，但是宋远的眼里并没有我，他迈着自己的大长腿越走越快，直到在转角处看不到他的身影，怕跟丢的我才将小碎步变成小跑。

好不容易到了书店，宋远的长腿开始“罢工”，而我则是选择合适的角度，准备给宋远拍几张照片。

其实母亲的原话是：“整天就知道拍一些花花草草，怎么没见你拍试卷把错题记录下来呢？怎么没见你拍一下阿远，看看人家学习的时候是什么样子，你又是什么样子呢？”

然后她又嘟囔道：“你们这俩孩子还真是不一样，一个人满屋子的照片，一个人远离相机，你凌姨都说阿远不喜欢拍照。落落，你和阿远差不多大，没准你拍就能拍成了，到时候给你凌姨看，说是我拍的，没准她能笑上好一段时间呢。”

瞬间石化的我其实不愿意接受这项“幼稚”的任务，可是为了小鸡翅、卤猪脚等宝贝，我决定负重前行。

收回思绪，我拿起相机对准宋远，却看到宋远突然放大的脸。

我吓了一跳，手里的相机被某人冷着脸收走，我只能乖乖佯装去找自己需要的书。

那边的宋远捣鼓了一会儿相机，“咔嚓”一声，他拍了我对面的书架，我似乎也入镜了。

宋远将相机放到座位上，顺势坐下，继续看书，我蹭过去看了两眼宋远的书，发现他右手边放着一本我永远都看不懂的《百年孤独》，手里还拿着一本封面看起来也不怎么吸引人的书。

“《美国摄影用光教程》？”

他居然在看这个？

大神不愿意搭理我的日子一直都在继续，我也弄不懂他的世界，一个不喜欢拍照的人怎么就对摄影产生了好奇呢？

下午五点离开书店，之后去了夜市打印照片。

“肉疼”的我看着某位大神将自己拍好的书架照片打印出来，这不是重点，重点是付款的人是我！是可怜的我。

大概过了三十秒，我才发现宋远从看到我拍他之后就没有搭理我了，难道神也会生闷气？

“大神，要不来根冰棒？”

居然不理我。

“要不来根烤肠？”

试探失败。

这个时候他不应该用各种理论来安慰自己吗？然后发现自己如此的聪明机智又帅气，然后不和我这个弱女子计较吗？

算了，毕竟每个人都会有一个情绪周期，没准明天宋远就原谅我了。

我真的就当这件事过去了，回到家中的我还和凌姨发了微信，却被告知自己的木头儿子是不会对摄影感兴趣的，毕竟他不爱被拍照。

07

一直以来我都觉得自己很记仇。

小时候的一个阳光明媚的中午，在我亲爱的母亲的要求之下，我迈着小短腿回到家中，拿着我的小零食去了幼儿园。然后，一个让我能够记一辈子的事情出现了，一直提倡分享的漂亮老师把我的小零食送给了小朋友，这可比房东家的公鸡啄我还要可恶。

然而现在，我发现宋远更加过分，因为拍照事件，他竟然一个星期都不理我，周五还拒绝和我一道回家。

这一周格外煎熬，我没有去计较宋远的小气，而是选择讨好他。

我专门联系了住在校外的同学帮忙带早餐，宋远不领情，显然，他抗住了美食的诱惑。

之后，我另辟蹊径，给大神准备了我怎么都不愿意写的黄冈试卷，他淡淡地看了我一眼，我依稀在他的眼神中看到了一丝……欣慰？

好不容易和宋远关系缓和的我十分开心，没想到晚上还收到了宋远的回礼，太感人了。他叮嘱我一定要到晚自习结束之后再打开纸盒，我欣喜若狂，甚至觉得我们友谊的小船就此扩大，然而我错了！宋远送了我一张叠得整整齐齐的数学试卷！

这很过分？不，更加过分的还在后面。

纸盒里有一张便利贴，上边用清秀的字写着让我恨得牙痒痒的话：今晚写完，明天修改。

第二天，宋远坐等我的数学试卷，却发现我没有半分交卷的意思。

下课时，他居然破天荒地去了楼下小卖部给我买了瓶可乐。

吼！我熬夜过度精神萎靡的样子被他看出来了吗，终于知道心疼我了吗？

我心满意足地接过可乐，心里美滋滋的。

“昨天晚上的试卷。”

“没写完……”

“现在写。”

“行……”

“真乖。”

什么安慰！就是在“打巴掌”之前先给我颗“甜枣”吧！

看着旁边悠闲的宋远，我有想捶爆他的冲动，毕竟这一周我多写了十五张试卷，其中五张是“万恶”的数学。

但是，五张试卷的分数一张比一张高，我又有些感动。

对啊，我也没给人家劳务费，宋远帮助我学习真的是在做好事。

为了给大好人宋远一个回报，我趁着周六周日父母不在家的空闲，打算大干一场——我，洛落！一个集美貌、才华、可爱于一身的女子要下厨了！

选菜谱、买菜、洗菜都很顺利，但是无论哪一点都不为做菜加分，菜煳了，唯一值得庆幸的是我知道怎么把油烟机打开。

宋远进门时，右手还插在裤兜里，他看着满地狼藉，愣了三秒，然后很麻利地将我赶了出去。

“厨房重地，闲人免进。”

在宋远的心里，我大概是一个不配进厨房的人。

我开始安慰自己，不会做菜的小仙女也会有人疼的，就算没有，我们也是喝露水的小仙女。

大概过了一个多小时，厨房被收拾好，三菜一汤被端上桌。

闻着菜香，我不由得膜拜宋远，大神都是全能的！

“宋远，你做的饭好好吃。从今天起，你如果想让我画头像什么的，可以免费。”

一旁的宋远有些诧异地看着我，然后低头说：“不用。为了我的人身安全着想，以后你还是远离厨房。”

“哦。”

我还能把厨房炸了？害他性命不保？

就在我觉得有点儿丧气的时候，宋远的声音意外地暖：“下次饿了还有我。”

这偶像剧般的情节让我惊了，于是我立马配合地用软软的声音回道：“好哒。”

“我还想多活几年。”

“！！！”

小仙女不生气！不生气！

08

离高考越来越近，班里的氛围显得越发紧张，宋远大方地把自己的黄冈试卷送给了我。

可能是因为有着写不完的卷子，我都没有工夫去关注高考倒计时了，只想着赶紧把那一摞厚厚的试卷高度降低一点儿。

一旁的宋远看着我已经做好的试卷，长叹了一口气，开始苦口婆心地教育我。

“选择题最后两题在 CD 里面盲选，正确率会高一点儿。”

“……”

“最后一道大题放弃吧，浪费时间。”

“……”

“语文作文稳中求胜，不要天马行空，你以为你写小说呢？”

委屈的我想暴揍宋远，但是我的实力不允许。

“这些你必须记住，明白吗？”

好凶！

“听到没？”

“听到了。”我压下心中的愤懑，装作一副乖巧的样子，企图蒙蔽宋远的双眼，然后我又多了一套试卷。

宋远是卖试卷的吧？每次我扭头，几乎都能看到宋远在埋头刷题，他刷的题远比我多，这大概是为什么人家是“学神”而我是“学民”的原因。

见我答应下来，宋远看着已经改好的试卷陷入了沉思。最近我止步不前的分数，让他开始发觉用题海战术来提高分数的效果已经不大了，他就决定专门、亲自给我出试卷，原话是：“先做基础题吧，免得浪费试卷。”

“本仙女长得标致又可爱，乖巧又懂事，怎么会是浪费试卷呢？”

“嗯。”

他嗯什么？

哼，果真是觉得我浪费试卷。

假借上厕所为由，我找到杨帆小可爱，顺走了她的烤肠，气恼地说道：“我以前上课睡觉的时间都被补回来了，要不是人有三急，我可能都没有机会见到你了。”

“可怜的娃，其实我也挺忙的。”

“忙着去商店抢烤肠？”我的脸都快要垮下来了。

“算是吧。”

怎么办，我更加委屈了。

那一刻，不能去小卖部的我希望学校下命令，收回小卖部，变成卖试卷的地方，规定在校学生必须买试卷，不买试卷的就要惩罚，比如一百个上下蹲，要到第二天起不来的那种，还得有个励志又积极的旗号：在校学生缺乏锻炼，通过这样温柔可靠的方式提高学生的身体素质。

“好啦，下次我给你也带一根。”

“爱你！”

我收回上面把小卖部改成卖试卷的想法。

回到教室之后，宋远闻到了我身上烤肠的味道，不动声色地给我多加了一张英语试卷，他表示我太闲了，闲到有工夫去小卖部抢香肠。

“不是我！是杨帆买的！”

“那给杨帆也送一套试卷。”

“好……”

真闺密维系友情的方式大概就是患难与共，而杨帆是仅凭肉眼就能看出她是怕宋远的人，自然是麻溜地写试卷，只不过花了三天的时间。这速度，不行呢。

体育课，一个难得的放松时间。重点班班主任是一个热爱羽毛球运动的人，专门规定任课老师不能抢占体育课，而宋远很意外地表示赞同，还监督我跑 800 米。

我刚跑完 800 米就看到宋远站在不远处，手里拿着一瓶可乐。

“累吗？”他问。

我小鸡啄米般地点头，800 米啊！几乎要了我的“老命”！

“体育还得参加结业，好好练。”

“……”

这就是你在一边看着的理由？

“考得好请你吃烤肠。”

“咔！好！”

大神怎么这么好呢，又尽职尽责，又温柔体贴！

因为很高兴，分散活动的时候我坐在操场上给班里篮球队的同学画群像，看着体委扣篮的样子，我忍不住惊叹了一句：“酷，要是我有那么厉害就好了。”

宋远看了我一眼，面无表情地说：“快点儿画，你还有试卷没写完呢。”

“哦。”

09

连续一周的阴雨天，让人格外难受，而我不幸感冒了。

看着一天用一卷纸的速度，我开始心疼自己。

宋远将自己的外套丢过来，很不悦地说道：“穿上，免得传染给我了。”

“……”我是小仙女，我要乖巧。

一向喜欢做试卷的宋远在中午午休的时候不见了，这让我很意外。

“知道大神去哪儿了吗？”我回头看向后桌的体委。

“没有比赛吧？我也不知道，你们俩关系这么好，你不知道我怎么知道。”

您哪只眼睛看到我和宋远关系好的？不过……他好像很委屈的样子，难道是被宋远欺负了？

“你对他好像很有意见的样子？”一向不食人间烟火的宋远还会和人结仇？

“那天体育课他和我打篮球比赛，碾压我。”说完，体委“啧”了一声，低头继续刷题，还嘟囔了几句惹不起。

离上课还有半个小时，趁着大神不在的午休时间我补了会儿觉，一觉醒来看到桌上的药，我吓了一跳。

环顾四周，并没有看到我亲爱的母亲的踪迹。

“我妈没有给我带红烧鸡翅？”我觉得我和母亲真是心有灵犀，我不告诉她，她都知道自己的宝贝闺女感冒了。

“感冒了还想吃红烧鸡翅？”

“嘴馋。”

“我买的。”

感动的我瞬间打了一个喷嚏。

“下次再穿这么一点儿，就自己病着吧。”他说。

“哦。”真的是一点儿都不温柔。

“大神，你看我今天作为一个病患，是不是应该……”少做几张试卷？

“不喝可乐。”

此时此刻，我正看着心爱的生命之源从眼前消失，某位大神打开易拉罐——哦！那清脆的声音是那么悦耳，可乐微微倾斜，入他口中，咕噜咕噜。

盯着宋远的喉结，我抿嘴，咽口水，感觉自己要哭了。

那可是我的可乐！

“宋远！”我强忍住愤怒，死盯着十秒钟之前还属于我的可乐。

“嗯，好评。”

“……”

从此以后我再也不想搭理宋远了，除非他把可乐还给我。

“你生病了。

“生病了就该喝药。”

不能喝生命源泉？吼！

“乖，等好了之后我给你买一箱。”

“真的吗？”

他的眼神像极了邻居阿姨哄骗小弟弟时的样子。

“你要是敢骗我，我们就绝交。”

“不会的。”

我小鸡啄米式点头，开心。

可能是可乐太有吸引力的缘故，第三天我的感冒就好得差不多了，第四天恢复如常，看着我一整箱的可乐，我非常大方地给了宋远一罐。

早知道他这么爽快的话，我就应该要一个学期的可乐。

第二章

特别的加作业技巧 /

01

你被人堵过吗？堵在墙头的那种。

因为宋远，我被一群女生围起来了……

这件事还得从周一外省有几所学校的老师、学生到我校学习说起，因为过于重大，学校要求统一整顿仪容仪表，宋远作为高三年级的学生代表被要求剪一个清爽帅气、一看就是好学生的发型。

我以为我会看到一个风度翩翩的公子哥，或者一看就是那种出自书香门第的少年郎，但是没想到，他剪了一个最考验颜值的寸头。会很难看？并没有，本就俊朗秀气的宋远多了几分阳刚之气，又顺带吸引了不少小姑娘。

平时的我不是在刷题就是跟在宋远的身后讨论“你今天怎么又做错了某某题”的世界里，不过今天有点儿例外，我们还没开始讨论，姑娘们就冲过来了，场面像极了接机的粉丝，她们的“爱豆”就是宋远。

请远离宋远的私生活，如果不远离，请放我出去好吗？

哇哦，那个想拍照发到微博上的小姑娘请不要让我入镜好吗？五中校草？拜托，人家宋远马上就要毕业了好吗？

为了能够成功搭讪，各种奇奇怪怪的方法都来了。最让人始料不及的是，一个高一的女同学很认真地说：“学长，这道题我不懂，你一定知道怎么解的，能不能教教我呀？”

嗯？这里还有一个学姐呢？看不上我吗？

我二话没说，将本子接过来。高一的题对我来说还是很简单的，我爽快地告诉她解题步骤，她居然一点儿也不尴尬，还甜甜地说了句谢谢学姐。

她真的是来“追星”的？这年头看帅哥也这么励志的吗？

那边，一个小姑娘险些摔到宋远的怀里，宋远黑了脸，巧妙地躲过之后，面无表情地说：“我有女朋友了，洛落。”

女朋友？

听起来感觉两个人的关系真的不一般啊！喊人都喊叠字呢！

等下，不对啊！洛落好像是我的名字……

宋远拽着我的手腕，从人群中挤了出去。

她们目送我们离开，等进入楼梯，宋远就麻利地把我的手甩开，真是翻脸无情。

在那一刻，我真想戏精一下：“刚刚还说人家是你的女朋友，这才几秒钟就不认人了？”

但是，我不敢。

自此之后，我名声大噪，五中高三文科重点班的男神级人物宋远就这么被拱了，她们觉得非常可惜，听说后援会都解散了。

不过，哪儿来的后援会……而且我就是一挡箭牌啊！

想反驳的我话还没说出口，就被教导主任喊去了办公室。

被一道喊去办公室训话的还有宋远，好在宋远这人脸皮厚，可以脸不红心不跳地解释："那些人总是在教室外叽叽喳喳说个没完，影响我学习，我才出此下策。"

一脸坦诚，不由得你不信。

"难道影响你学习就要告诉她们你有女朋友？难道不能告诉老师？你知不知道你这么做会影响自己和学校的形象？你们是来读书的，不是来谈恋爱的！还有，就算是假装，还需要拉手？"

教导主任明明是在教训宋远，却瞪了我一眼。

"老师，我……"我是无辜的啊！天地可鉴，我那是被扯着手腕才对。

"好了！每个人写 3000 字的检讨！"

当教导主任选择惩罚一个人的时候，做再多的辩解都只是为更加严厉的责罚做出铺垫效果。

我以为宋远也会明白，但是他不仅没有，还火上浇油。

"这是我的问题，和洛落没关系。"

"5000 字！明天交给我！"

5000 字？

走出办公室的我灵机一动："今晚要写检讨是不是不用加写

试卷了？”

“嗯。”

教导主任真好！

为此我专门在检讨里痛批早恋的人，指责他们这是浪费大好的青春年华。这些人理应学习那些立志考上北大、清华的人，不能辜负学校的苦心栽培，要把时间当作海绵里的水，不断地挤，去合理利用。

02

“早恋”的事情被专业老师知道了，看着孟女士的眼神，我瑟瑟发抖。

“你们这一代人早熟，我能够理解，但是高考进入倒计时，孰轻孰重还是要知道的，你联考、校考成绩都很好，只要努力，就能够考取优异的成绩。”

“孟老师，我……”

“我知道你会说自己没有早恋，可是你们俩一天到晚都是待在一块的，所有人都看在眼里。”

她意味深长地看了我一眼，又用着过来人的语气和我说：“洛落，我知道爱美之心人皆有之，你又是美术生，自然是欣赏美的。宋远确实长得不错，但现在是非常时期，谈恋爱的事情还得推一推。”

我坐在沙发上嘟囔道：“谁会喜欢一个木头，宋远和我聊得最多的就是你为什么要把时间浪费到自己不会做的题目上，自己几斤几两难道不清楚吗？”

“……”孟老师没说话。

“上一次随堂小测，150分的数学试卷我拿了75分，这原本对我来说是难得一遇的好事，可是我又挨骂了，宋远嫌弃我又没及格。唉，孟老师，我真的好难啊。”

其实在宋远转学过来之前，只要不是50分以下我都能接受，但是在宋远看来75分的数学成绩简直低到了不可思议的地步。

他觉得100分满分的话拿75分才能理解，而无论是100分还是120分抑或150分，我以前都是雷打不动的50分。

学渣的世界学神怎么会懂呢……

“宋远在给你补课？我还以为你去重点班只是为了有一个更好的学习氛围。”

“不是的，宋远的妈妈凌姨和我妈是闺密，凌姨有事去了美国，宋远才搬到我家住，之前我们俩也就两岁的时候见过。”

她迟疑了一下，又问：“那你画他肖像的事情呢？”

“他不喜欢照相，人嘛，又需要留住一些青葱的少年时光，画画也不过分，再说了我来不了画室，只能找模特，其他人又不好看……”

“洛落！我知道你喜欢画画，但现在的重中之重是文化课，你知道吗……”

孟女士大概被我的母亲附体了，两个人说的话都是一模一样的。

看着她认真的模样，我不停地点头。我在想，大概之后会选择两天画一张，不能再少了。

实际上，重点班讲解的大题都太难了，我就跟听天书似的，对我没什么用，这时唯一能做的就是画画，今天画“小鲜肉”明天画“老腊肉”的卡通形象，需要练人物的时候就画宋远，小日子美滋滋，不过试卷也没少做。

等孟女士唠叨得差不多了，我打了招呼后就跑到了画室里，昨天临时接了一个比较急的单，乐于助人的同时也想着能赚一点儿是一点儿。

就在我沉浸在画画的喜悦里的时候——

“这是谁？”

突然出现的宋远吓了我一跳。

“呼……你走路都没声音的吗？”心虚的我赶紧将画收起来，讪讪地说，“这不是最近缺钱买小裙子吗？就接了单子，四十块钱一单呢！”

他从兜里掏出一百块钱，盯着我手里的笔，说道：“帮我画两张，再帮我裱起来。”

“好嘞。”只要给钱，你说什么就是什么。

我很殷勤地说：“大神，还需要画头像吗？全家福也接。”

“我预订的画高考后你再动笔，现在，你需要接三张数学试卷。”

“……”

倘若时光能够倒流，我一定不会多嘴。

03

高二在画室上课的充实快乐的日子让人格外怀念，校考结束之后，我曾幻想过高三生活。

忙碌、枯燥、卷子满天飞。

我知道我可能会过得紧张兮兮，而转进高三（1）班后，我感觉更加如履薄冰，掉了一支中性笔之后都得小心翼翼不搞出太大动静地将它捡起来，生怕惊扰了一旁的“太皇太后”。

于兰，一个集美貌与才华于一身的女子，成绩优异，做事认真，“太皇太后”的标签是同学们对她的崇拜。

之前的我觉得在桌兜里找东西的时候发出窸窸窣窣的声音是人之常情，可对于于兰而言，做出类似这样影响学习的小动作的人都是要被“凌迟”的！

那一天，教数学的陈老师又开始讲解那难懂的最后一道大题，我看着一旁的大神宋远盯着卷子看了三分钟！不能再多的三分钟！就唰唰地把答案写下来了，其速度可能是我抄答案的速度。我再次怀疑他的脑袋里是知识的海洋，可以随意遨游，而我的脑袋则是干枯的溪流，一脚都能踩到底的那种。

我干了一件愚蠢的事情。

“喂！宋远，你说……”

“洛落同学，安静。”

我被“太皇太后”瞪了一眼，并出言警告。

这一声不大，但陈老师刚好落下话音，教室里出现了一个安静的空当儿。于是乎，所有的同学都看向了我，就连陈老师的眼神都不友善了。

我快速地低头，心里默念：“看不到我，看不到我。”

还好陈老师并没有追究，就这么放过了我。

然而，下课后我被“太皇太后”教育了一顿，听了一会儿后，我突然觉得于兰就连教育人的声音都那么好听，那么有气质，我忍不住说了一句：“于兰，我好崇拜你啊！连骂人都那么动听！”

于兰在风中凌乱，半天都没和我说话。

自此以后，我做什么事都小心翼翼了，有时候上课开小差都会突然警觉地回神并看一眼于兰，生怕她又来一句“洛落同学”。

感到万分煎熬的我没想到宋远意外成了我的救命稻草。因为他长得秀色可餐，经常会有学妹光顾，在窗户外犯花痴，每一次她们来的时候于兰都十分生气和无奈。

终于有一天，于兰很欣慰地看着我，表示我至少比她们要好一点儿。

我在想我可能是第二个柳下惠，宋远身边过，片叶不沾身。

可把我骄傲坏了。

趁着中午吃饭宋远去办公室的时间，我端着饭盒就往文科艺术一班冲了过去，开始和杨帆叨叨关于“太皇太后”的事情。

“重点班都这样的？”她还是觉得难以置信。

“何止啊，你知道吗，天才的世界往往是难以融入的，他们聊的都是《了不起的盖茨比》《双城记》、中国古代四大名著。这些就算了，对于我来说已经很不容易的数学公式，他们根本不放在眼里，只有最后的两道大题才能让他们稍微重视一点儿。”

她用着极低的声音：“那你平时是不是都得这样说话啊？”

“太皇太后给我送了一个小本本，让我少说话，多练字。”

杨帆陷入了沉默，甚至可以说是石化，这不是表演，是真的一动不动。

“那你们家宋远呢？”她终于回过神来，小心翼翼地问关于宋远的事情，让我十分怀疑她其实和那些小学妹一个德行。

“除了让我清醒地认识自己的智商，一般是不说话的。”

“大神就是大神，从不与世俗接轨，只可远观不可……那啥？”

那啥？

《爱莲说》？

有几分郁闷的我看向文科艺术一班还在追逐打闹的同学，心里仿佛在滴血，同样是花季少女，怎么待遇就这么不一样呢！

我也想追逐、打闹。

燃烧吧！我的青春！

算了，该回去了，不然又要加卷子了。

04

因为是艺考生，我错过了上一次的摸底考试，看着盯着卷子愁眉不展的同学们，我有些犯难，没有参加考试的我没有试卷。

我左顾右盼，全班好像只有我一个艺术生。

所以，我不需要更正试卷？

不安之余，我隐隐有些窃喜。

“笑什么？”宋远看着傻笑的我，估计想给我一个栗暴。

“啊……啊，没什么。”我觉得还是要看看卷子的，毕竟是摸底考试，“大神，我能和你一块看卷子吗？”

“不能。”

我居然被拒绝了？好朋友不应该互帮互助吗？

宋远掏出一套上一次的摸底试卷，还是全新的！

他认真地说道：“我用红笔标记的地方不用写，其余的地方扣分不能超过百分之二十。”

原来重头戏还在后面……

他还真是一个狠人。

我打开卷子，看到的第一张试卷就是伟大的数学，唉！

往后翻翻，上边用红笔标记的地方可真不少，仔细一看确实挺难的，只有语文、政治和历史这些我比较擅长的科目尚且有更多下笔的机会。

“那讲卷子呢？”难道老师在上边讲试卷，我在下面写试卷？

“你听不懂。”

欺负人！

“没事，到时候我给你讲。”

“哦，好。”

最终我还是选择认㞞，既然宋远都已经把试卷准备好了，那就写吧！磨炼自己！至于老师讲试卷，也确实对我作用不大，因为老师只会把讲解重点放在最后的难题上，其他的一笔带过。

写完之后，宋远帮我改了卷子，分数比较勉强，但还是有进步的，大神表示很欣慰。

时间转瞬即逝，又到了开展一周一次的主题班会的时候，今天的主题是——

我理想的大学。

班主任要求学生写下心仪学校的名字，然后挂在幸运墙上。

一旁的宋远用手支着下巴，侧对着我，嘴角微微上扬。

他一定是在想一个数学在 50 分到 75 分之间踏步的人会去怎样的学校……

我在心里“嘁”了一声，默默地在志愿栏里分别写上 A 大建筑设计院、C 大环境设计。

宋远唰唰唰地写了几个字，我什么都没看清楚。

之后，在幸运墙并没有看到宋远的志愿，他可能会选择最高学府吧。

可是之前又听母亲说宋远可能会出国留学，他参加高考的主要原因是因为凌姨认为不参加高考会留下遗憾。

这天晚上，我打开百度，搜索“学神喜欢的大学”。

出来的条目五花八门，场面有点乱。

我继续搜索：“全球最高学府。”

仔细看看，果然看起来很厉害的样子，都好想去哦，但是都注定无缘。

收起手机，我用了三秒钻进旁边杨帆的被窝，低声说道：“帆，你想去哪里？”

“啊？”

“就是去哪儿读大学。”

“考哪儿读哪儿呗，多简单的事，不是我选择生活就是生活选择我，总会有一条路是留给我的。”

好像是有那么点道理。

“那你去哪儿？”

我沉思一会儿，还是说道：“A 大建筑设计。”

“其实我想去日本。”杨帆嘟囔了一声，有些期待也有些失落。

“嗯？”

“北海道一日游，毕业去吗？要不去香格里拉？”

原本还在讨论未来的我们开始设计一条、两条甚至五条的旅游路线，幻想着毕业之后能够过上“肆无忌惮”的生活，却在毕业之后发现生活永远是生活，你总不能踩在你妈肩膀上自由翱翔。

肆无忌惮，那可是梦里的幻想。

我想杨帆会有一场梦，而那一场梦会在日本，她会在那里画画。

希望她能够有圆梦的一天，所有的人也一样。

至于旅游路线，我觉得还是 A 大一日游靠谱些。

05

备考继续，听说有人因为压力过大提出休学，还有人发生了意外。

而这个意外是，隔壁班一小伙把卷子撕碎，站在讲台上，挥动双手，看着飘落的卷子，唱道：“这就是飞一样的感觉。”

于是乎，他被请到办公室，就连校领导都出动了。那一天，隔壁班的班主任请他喝了奶茶，听说还是草莓味的，给他放了三天假用来放松，而在这三天假期里，他需要把之前的卷子重新抄一遍。

面对“飞来横祸”，他多申请了两天假期。

大概……卷子真的很多吧？

我默默地看了自己的卷子一眼，用着宠溺的语气说道：“你们要乖乖的哟。”

什么大风大浪没有经历过，还需要对卷子下手？哦，那可怜的卷子。

因为这位兄台的奉献，引起了校领导格外的重视，年级组领着四百多号人去爬山放松，凡是取得一定名次的人可以得到学校给的十块、二十块、五十块的代金券奖励。

我悄悄溜去了文科艺术一班，跟在杨帆身后，通过不懈努力，拿到了一张二十元的代金券。不过代金券只能在学校商店使用，并不能在校外买奶茶。

“可以回去了吗？”看着代金券，我努力忍住现在去附近吃烧烤、凉面、麻辣烫、奶茶、小鸡腿的冲动。

学校就在五公里外，我一定可以忍住！

“要不，我们买一杯奶茶？果汁也行！”

要和我一同抵制诱惑的还有杨帆，她可能忍不住了。

“会胖，穿不上小裙子的那一种胖。

“穿不上 S 码的胖。

“My love，亲爱的小帆帆。”

我正碎碎念得起劲儿，她突然用手将我的嘴巴堵上，嘀咕道：“你家大神来了，别让他觉得和我在一起降低了你的智商。”

稍息、立正，站好。

宋远走近，将手里的奶茶递过来，自己喝的却是纯净水。就在我震惊之余，他微微皱眉：“奶茶就这么好喝？”

“奶茶！那是生命！”我立马忘记了纠结他为什么会有奶茶这档子事。

“水才是生命之源。”

像这种不懂得奶茶好的人就应该被科普，强行科普，不喝奶茶的人是没有灵魂的！

“不！奶茶就是我的命！”此刻的我觉得自己将要和宋远展开一场辩论，以维护奶茶的至尊地位。

就在我摩拳擦掌的时候，他冷不丁地来了一句："你刚刚在阻止你自己续命。"

完败！

"你输了。"杨帆将我拉过去，一把将我手里的奶茶夺走，喝了一口，笑嘻嘻地说，"大神选的奶茶还挺好喝的。"

"你个墙头草属性的女人，整天都是大神大神地喊。"我抢过奶茶，还真的挺好喝。

杨帆嘻嘻地笑。

"哎，对了，你平时和大神怎么联系的？"

联系？在班里还需要怎么联系？

"就直接喊名字啊。"

"QQ 呢？微信呢？"

"没有……"

"难怪你每天晚上号叫自己题不会却没有人问。"

就这样，杨帆问了宋远的 QQ 号，大概是忍受不了我的"嗷嗷"。

宋远报出一段数字，然后手机振动。

"路上的帆？"

"对，是我。"

杨帆又抢过我的手机，按了几下之后，宋远的手机再次振动。

"这是洛落，树上的喵。"

宋远皱着眉，点了通过。

成功加到好友之后。杨帆把手机塞回给我，我低头一看，宋远的网名是“whale fall”。

鲸落？大海最后的温柔？

嗯……他的头像感觉好熟悉……

我画的！没想到大神也会自恋地用自己的图片当头像。

06

一个阳光灿烂过头的午后，看了一眼宋远脸上的光晕，我毫不留情地破坏了这动态的美，将窗帘一把拉了下来。

舒服！

这该死的太阳，真是打搅我睡觉。

“啪”的一声，我倒在课桌上，压在头下的文综试卷应该感觉不到疼痛。

一旁的宋远很嫌弃地“啧”了一声，将他的校服丢到我身上。

在我睡得迷迷糊糊的时候，午休铃声响起，而我还不愿意睁开眼睛。

就在这个时候，我感受到传说中的“锣鼓喧天，鞭炮齐鸣”。

窗外，年级主任敲鼓、老班敲锣、隔壁班主任吆喝，唱的是一出好戏，那个动静，不醒算我输。

这大概是全世界最奇葩也最有效的叫醒铃了。

“起立。”

“同学们好。”

“老师好。”

“这节课复习必修三的内容，罢黜百家、独尊儒术，提出的人是董仲舒，目的是……”

我不想知道目的，我想再睡五百年！

我深吸一口气，从桌子里掏出喷雾，将水喷到脸上，瞬间神清气爽！

看着一旁同样有些迷糊的宋远，我鬼机灵上身，拿起喷雾对着他的脸滋了一下。

看着一脸震惊的宋远，我好开心！

他死死地盯着我，一副要和我干架的样子。我赶紧拿出“太皇太后”给我的小本本，在上面写上：你大人不记小人过，就饶了我呗。

宋远还真就没和我计较了。

复习环节之后，老师喊我们更正昨天的卷子，看着减少的错题，我有些满足，拿起红笔开始更正。

一道题、两道题……五道题。

然后，光荣地卡在那儿了。我又拿出小本本，在上面写：大神，我不会了。

宋远：空着。

不行，空着我有点不甘心。我掏出历史书，试图在上面寻找答案，然而我失败了。

我又看了书一眼，开始回想之前有没有做过类似的题型，做一个参考。

不教我，我就自己想嘛！哼！

07

今天发生了点小意外，我提前把准备好的试卷都写完了，一开始我有些膨胀，东看看西看看，却发现学霸们都在奋笔疾书。

我是不是需要做点什么？

“高考提高一分，干掉一千人”的口号在我的脑海里盘旋。

要不……看一看作文书？学习立意？

五分钟之后，我默默地把作文书放到一边，掏出小本本写上：大神，有试卷吗？

我觉得我在不断朝着三好学生的行列迈进，之前都是宋远塞试卷让我写，现在我开始主动要试卷，如果母亲知道了一定会感动得稀里哗啦。

宋远瞟了一眼，掏出一张历史试卷，在上面写上：75 分以上，否则就罚写一张数学试卷。

我回了过去：这是写一赠一？

现在让人加作业都这么玩的吗？我可以拒绝吗？

宋远：各凭本事。

嗯？什么意思？难道我拿到 75 分以上宋远就加写一套试卷？

我拍了拍桌子，埋头答题，还真就不信邪了。

历史和语文一向是我的强项，原本以为就是一张普通的练习试卷，我轻松就能拿到75分以上，没想到我错了。

真的很难！

我深吸一口气，假装自己并不在意的样子，继续埋头苦写。

“大神，我写完啦。”一节自习课的时间，我勉强做完。

“嗯。”

大概是因为写一赠一，他改得很积极，不一会儿的工夫就出结果了。

“今天晚自习把数学试卷写好给我。”

所以，我没有达到要求？

我接过试卷，看着上面的68分——我呆住了！

“怎么，有问题？”

“你不觉得试卷挺难的吗？”

“还好。”看着他一脸从容的样子，我无语凝噎。

真是人比人气死人……

我萌发了教宋远画画的冲动，也让他知道知道智商被碾压的感觉是怎样的！

“大神，大神，有兴趣考虑学画画吗？”我还是没忍住地问。

“没有。”

希望破灭了。

“很闲的话再加写一张数学试卷。”

好好好，我这就写还不行吗？

看着“心爱的”数学试卷，我奋笔疾书，相信通过自己的不断努力一定会有所进步的。

宋远歪头看向我，递来一罐可乐，低声说道：“补充能量。”

就在我感动之余，他冷不丁地加了一句：“累坏了今晚就没有力气更正试卷了。”

哦。

自习课下课的间隙，我拿起一旁的历史书把试卷压住，长吸了一口气奔向文科艺术一班。

“杨帆，我跟你说！”

“先喘口气。”杨帆坐在椅子上看着我，还很暖心地给我递了一杯水。

“今天我提前把卷子写完了。”

“这不是好事吗？”

“作为好学生的我又要了一张试卷，但因为没有达到宋远的要求，被加了一张数学试卷。”

“写一赠一？”

“……”

还真是亲闺密，第一反应都是一样的。

“一张数学卷的话，嗯……今天晚上你得加班写作业了。”

“好像……是这样。”

我发誓，下一次如果提前完成了作业，我一定不找宋远提供学习资料了，他特别的加作业技巧，我承受不住。

08

这是一个根本就不能够睡懒觉的周末，平时这个点儿肯定在搓麻将的母亲把被子硬生生地抢走，气恼的我坐在床上，看着幸灾乐祸的宋远，真的好气。

高考在即，母亲觉得要去寺庙祈祈福。她是一个虔诚的母亲，我能够表示谅解，而我和我的床有着十八年的感情，岂能说走就走、说下床就下床！就不能体谅体谅我吗？

行吧，她不能。

前往一百公里外某座庙宇的车子说开就开，唯一的好处就是我能够在车上补觉。抱着我的乖崽，也就是我们家二哈，它有一个动听的名字——蠢萌。因为它是我见过最蠢的二哈，没有之一。

看着它不情愿的样子，我温声安抚道：“蠢萌啊，你不能跳出去哈。”

它表示了强烈的不满，被我无视。

“其实它只是不想被你勒住脖子。”

“……”

松开蠢萌，原本极度不配合我的它开始对着宋远傻笑。

我这个做主人的它是不是早就忘了？

经过长时间的舟车劳顿（呼呼大睡）终于见着了寺庙，看着我妈虔诚的样子，我跟在她身后把所有的神像都拜访了一遍。

“你不拜？”

“我需要吗？”

看着宋远一副胸有成竹的样子，我直接走到最近的神仙那里默念：“天地为证，诸神仙林，宋远那个臭小子不信你们，注定这辈子都吃不饱了。”

呃，这个诅咒好像有点儿恶毒。

“诸位神仙，对不起，我换一个。宋远那小子不信你们，注定这个学期吃啥胖啥，没有小姑娘看他。”

我心满意足，心中默念了无数次 A 大。

回家的路上被例行检查，似乎是警察在找人，等那些人离开之后，我低声说道：“去年出去旅游的时候我坐的是长途汽车，就在我睡觉的时候车子停住了。”

宋远看了我一眼，闭上眼睛。

既然不想听我继续说下去，我偏要说。

“哇，大神你知道吗？”我装作不经意的样子推了他一下，继续说，“一堆人让司机打开车门，冲上来找人，一副来势汹汹的样子，我就以为是打劫的。”

依稀还记得那一天我紧紧抱着我视若珍宝的小包包，还朝着最前面的人瞪了一眼。

“之后他们喊所有人下车认领行李箱，还扣了一个人。”

“警察？”母亲还是第一次听到我说这件事。如今想起来，那个警察可能至今也不明白为什么执行任务时会有个非犯罪人员瞪他。

“不知道是不是刑警，是来抓人的。”我答道，然后嘀咕了一句，“警匪片里的警察抓人的时候都会亮出身份，超级帅气地喊一声‘别动，我是警察！’可惜那次他们没这么干。”

差点儿吓坏了我这个小可爱。

一旁的宋远动了动，也不知道是不是睡着了。

09

世界上最遥远的距离就是我还在车上，而我的床却在家里。

相思是一种病，越是想念就越陷越深。

“我亲爱的妈妈，到了吗？”我小心翼翼地问。

“待会儿去吃饭，你爸应该点好菜了。”

好吧，我亲爱的床，我真的很想你，这车上真的不好睡。

好不容易到了饭馆，随意地吃了几口，就跟宋远回到家中，而我的母亲和父亲还在应酬。

我快速地开门，准备冲向我亲爱的床。

但是，我被宋远拦下来了。

“写卷子，明天返校。”

“我……”

委屈，想哭，但是挤不出眼泪，果真我不是一个合格的戏精。

两个小时过去了，宋远已经做好了一套试卷外加课外习题，而我还在试卷的第一面里打转转。

“明天要交吗？”

“嗯。”

我将手偷偷地靠近宋远……的试卷，就在我快要碰到的时候，眼睁睁地看着试卷小宝贝转移了阵地。

“真不给我抄？”

“嗯。”他大概是看我真的很可怜，认真地说，“洛落，你如果抄了，不符合你的真实水平，老师一眼就看出来了。”

“……”是你太飘了，还是我提不动刀！来人，快把我的三十米大刀拿过来！

我哼了一声，趴在桌子上换了一份课外作业，还是觉得难度系数过高，于是开始抄写英语单词。

我悲惨的人生大概是从写不完试卷开始的。

不得不说，我更喜欢考试，虽然考试是残酷的，但是，我可以把不会做的题目留下来。作业就不一样了，虽然我实在是不会做，但我空着会良心不安。

晚上九点半，宋远开始整理书包，这个人居然写完了？

“我来吧。”他出声。

帮我写？

事实证明，我想多了。他很耐心地跟我讲解试卷，并且毫不犹豫地指出了我犯的错误，看着满试卷的批注痕迹，我大概相信了我是真的蠢。

夜里两点，因为卷子太催眠，我趴在桌子上睡着了，但是还未完成所有的作业。神奇的是，他讲的题目我差不多都听懂了，我也许只是缺一个好老师。

第二天醒来后，听爸妈说到凌晨五点的时候他们才回来，看到的是睡到沙发上的我，而宋远因为心情好在熬夜刷题。

我疑惑，昨晚有发生什么好事吗？我怎么不知道？

周一回到学校，杨帆的八卦之火冉冉升起，一副坚决不能放过我的样子。

“听说你和大神撞一块了，是吗？”

看着杨帆激动的小眼神，我这才想起周末回家之前下了一场雨。

那是一场突如其来的暴风雨。

而我孤零零地站在走廊，心里盘算着自己需要多长时间能跑回家。

然后，我放弃了，开始左顾右盼，却并没有看到我亲爱的母亲。

“妈，你在哪儿啊？”我掏出手机，给母亲打了个电话。

在这一刻，我有点庆幸学校很人性化的教育理念，学校并不提倡没收手机，但是所有人的手机都必须锁在保险柜里，有需要的时候可以自己拿。

“搓麻将呢。”

“下雨了！”

“年纪轻轻淋点儿雨怎么了，自己回来。”

这就是亲妈的态度，真怀疑如果我是外边捡来的，没准她还会善待我。

我一鼓作气，直接冲向最近的小卖部，然后撞到了一个坚实的胸膛。

我抬头——看到一把黑伞，还有宋远俊俏的脸庞。

“大大大……大神……”

“嗯。”

他一副很自然的样子，和我一同回家。到现在我都没法忘记我们俩回到家中我妈那小眼神和摇头的动作，如果再看得仔细一些，嘴角还隐约有一丝笑意。

“洛落！”杨帆很无情地把我晃醒。

“哪儿来的小道消息？”我怀疑杨帆实际上是“东厂特务”，得到消息的方式五花八门的。

“一小学妹看到的，在背后指指点点，被我骂了一顿。”

“好姐妹！”

吵架的内容不重要，有没有为我提刀不重要，重要的是那一群花痴小姑娘终于有人教训了！

“是不是应该请我喝一杯奶茶？”杨帆挑眉问。

“好嘞。”

就这样，我破费了十四元。

第三章

不差 /

01

月考，这是我返校之后第一次参与年级排名的考试。

作为宋远的跟班，我一鼓作气，不打算给他丢人，考试前那晚我专门看书看到了十二点才睡的。

临考之前，我喝了一口可乐，还和杨帆一起喊了三声加油，我终于上了考场。

面对准备这么足的我，考试依旧没有“手下留情”。

我考出了正常水平，拉低了班级平均分，我们班以三分之差输给了隔壁班。

老班作为一个典型的知识分子，思想有些禁锢，在他看来学艺术并不是一条“正规”的道路，面对突然间空降的我，他并不高兴，甚至有些生气。而且，我现在还拉低了班级的平均分。

“你这个样子我得叫家长了。

“要不把桌子搬出去，干脆别读了。

“你的出现就是拉低我们班级平均分的！”

下课铃响起，我倔强地把头抬起，带着一丝哭腔说道：“就因为一次月考彻底地否掉一个人，是不是太草率了？条条大路通罗马，行行都有状元出，你怎么就知道我不能做得更好呢？”

我头也不回地转身离开了教室。

这次事件引起了不小的轰动，我就这么一边擦着眼泪一边走到了后山荡秋千的地方，痛哭起来。

让我没想到的是，杨帆知道这件事后直接冲出了教室，跑来找到了我。

这大概就是——我不能为你减轻烦忧，但是只要你一回头就会有我的身影。

杨帆对我是真爱。

也不知道哭了多久，我才平缓情绪。杨帆知道发生了什么事情，这期间并没有说话，就坐在我的旁边轻轻抱着我。

“洛落。”见我情绪好些，杨帆开口了。

“嗯。”

我的眼睛红肿，整个人哭到快要虚脱。

“我们学校本就不差，你还在重点班，所以成绩普通的你就显得格外差。”

“你这是来安慰我的？”

我更加伤心了。

“不是不是，我不是这个意思。”她装作校领导的样子，用蹩脚的领导腔调安慰我，“洛落同学，我们比重点班少读了半年书，成绩不好我们也能做到理不直气也壮。”

“哈哈哈，嗯！”

“你笑啦，嘿嘿。不过说真的，现在文科艺术一班的老师都是学校挑选的，上课也是按照班里的水平来，你绝对能够跟得上。重点班的人冲的都是很好很好的学校，写的都是难题，你……不如回来吧？”

我知道杨帆这是心疼我，从我一开始来重点班她就怕我跟不上压力太大，几次发信息让我考虑回班里。

“艺术班上课的氛围也不错，没准你还能提升不少成绩呢。”

我深吸一口气，一想到老班让我把桌子搬出去的样子，就觉得胸口闷得慌，恨不得直接打个位数的分数，爽快地拉低他们班的平均分。

可是我陷入了犹豫，一想到自己的文化成绩和心仪大学的距离，便狠下心说道：“我回去。”

在所有人的注视下，杨帆帮我把东西收拾好，带回原班，没有人阻拦，也没有看到宋远。

看了一眼窗口，我便离开了。

在我回头的时候，看到有一个女生直接将桌子搬到了宋远的旁边。

“这什么人啊……也太迫不及待了吧。大神肯定不会给她好脸色看的。”

杨帆嘀咕了几句话，我并没有什么心情。

之后听到她打听来的消息，我才知道宋远回去后直接将桌子搬到了最后一排，美其名曰：打扰学习，影响心情。

而那个女生哭了很久，至于原因，并未有人说破，或许有些感情就这么消失了。

02

“洛落，真搬回来了？”

陈飞，文科艺术一班的班主任，一个在一开始并不愿意让我去重点班待着的人。

我点点头，觉得他似乎有点儿开心。

“和你妈妈说了吗？”

“没有。”

如果和父母说的话，大概灾难将临，我需要时间去想一个极好的借口。

“说了。”宋远直接走进来，抿唇，轻声说，“我和阿姨解释了一下，洛落想换一个环境放松心情，重点班里压力过大，反而不好。”

他大概是在我从重点班搬走后的第一时间和我母亲取得联系，不然也不会这么快就解释好了。

陈飞看着高三的风云人物，有点儿转不过来。

“答应了？”

“嗯，高考压力过大，适当减压为好，劝人说理我还是擅长。”

宋远直接将手里的卷子递过来，说：“刚才找了你一圈才知道你到陈飞老师办公室来了。既然准备去文艺一班，就要好好努力，有不会的就画出来，写完之后把卷子给我改。”

“好。”我点头。

彻底被无视的陈飞在风中凌乱，这一刻他觉得自己显得有点儿多余。

“等成绩上来了，再回去啪啪打某些人的脸。”

“……”

大神你在说什么？请你再说一遍！

“嗯？”

“好！”我满口答应下来。

“之后还要走啊？你们这些小年轻的思维我还真是跟不上……”陈飞虽然不大情愿，但也只能选择接受，毕竟我还是一个苗子，校方眼里的明日之星。

回到原班不到半天的工夫，母亲就来了。

“洛落，阿远说得对，你已经成年了，应该有自己的想法和见解。”

“嗯。”

“你有把握回去吗？给你妈争口气！这老师还真是不会说话，要不是阿远告诉我，没准我就要错怪你了。”

“……”

宋远给母亲下了什么迷魂药，竟然说话这么管用。

大概别人家的孩子都是好孩子吧。

“妈……我也不知道能不能回去。”

突然间觉得自己有点儿意气用事，当初为了我去重点班，母亲没少费时间和精力，现在就这么出来了，我有点儿后悔。

“阿姨。”宋远朝我母亲点了点头，拿着绘本和一袋子小零食走过来，然后交到我手里。

我开始有不祥的预感。

“为了能够绝地反击，每天晚自习后我给你补课。”

“啊？”

“晚自习结束最少补课半个小时，我会去找你。”

“可以拒绝吗？”

十点钟下晚自习，那岂不是到寝室要摸黑洗澡？

“不能。”

母亲和宋远异口同声——

“嗯，就这么说定了！”

宋远迅速把这件事敲定了下来，我看着母亲的眼神，立马就止住了想再挣扎一下的念头。

作为新时期的花朵，我决定要在学海中勇往直前了。

请为我疯狂打“call”。

03

“洛落！洛落！你逆袭了！”

还在刷题的我只是看了一眼杨帆，就继续低头写卷子，比起任课老师，其实最恐怖的是宋远，也不知道他吃的是什么口味的鸡血，最近对辅导我学习格外有劲头。

“语文 105，数学 75，英语 85，文综 200！总分 465！洛落你的分数啊！”

我愣住了，那一刻我没有表现出杨帆期待中的喜悦，只是觉得有股淡淡的忧伤。

数学没有过 80 分……宋远会不会给我加十张数学试卷……

“班级第八。亲爱的洛落同学，这一次的成绩，你是不是应该说几句？”

所有的人都看了过来，他们也曾经为我鸣不平，因为重点班的学霸和老师看不上四百来分的成绩，却忘记了艺术生也是有梦想的，不然也不会在黑夜拼尽全力去提高自己的专业知识。

“那都是我熬的夜，掉的发，不过我感觉血赚！”

“……”

这也算是获奖感言吧？

我拿起所有的试卷用蓝色的笔更正，发现还有几道题是自己能够做出来的，不免有些自责。

我快速地调整心态，在晚自习的时候把试卷交给宋远。

他看了一会儿，才笑着说：“有进步，继续努力。”

没有半句废话，接下来的三节晚自习我都在疯狂地改试卷，直到该做对的题目都更正好了，至于其他的题，那都是宋远口中不需要搭理的题目。

每一次晚自习结束，宋远都会将我送到寝室楼下，今天因为提前出来，我们俩在操场上多走了两圈。

“这一次真的很感谢你，我觉得如果没有你教我，我可能真的要在 400 分左右徘徊，也不知道能不能往上走了。”

有时候真的不是努力了就会有成绩，不懂的东西是真的不能够理解，就像在画室的时候也有不少人在努力地画画，可最终以失败告终。

我能够感到庆幸的是遇到了宋远，他虽然是一只腹黑的狐狸，经常被我蠢到头疼，但是他答题思路清晰，还一直在坚持教我，这样有爱心且有毅力的人已经很少见了。

“嗯。”他停下来，轻声问，“对未来有打算吗？想去哪儿？”

“未来不知道，我感觉现在的生活就很好了，充实幸福。如果硬要说，就想去 A 大，如果可以还想去国外进修。”

这么一说，话匣子就打开了。

一想到国外那些帅哥，我笑嘻嘻地说道：“如果能够遇到一个像大卫一样帅气的男人，一起追求艺术就是再好不过的事情啦。”

看着一脸疑惑甚至隐隐还有一点儿不悦的宋远，我赶紧解释道：“大卫，西方美术史上最优秀的男性人体雕塑之一，那可是不少美术生的理想。”

原本话就不多的宋远许久都没说半个字，连一个嗯都不给我。

“那我呢？”

他突然发问："那我呢？你的练手模特？"

"啊？"

还在蒙圈的我还没找到回答他问题的思路，就听到宋远又说："上一次小测还 80 分，说明这一次你的数学有点儿倒退，但是纵观全局，还是有着较小的进步。"

"……"

"现在可以尝试做数学卷大题的第一小题，切忌浪费时间。语文作文的立意还不错，可以稳中求进，好的立意可以得到一个不错的分数，但文笔还需要加强，到时候我再给你几本作文书，做数学题累了的时候看看。"

"……"

这到底是怎样神奇的脑回路啊！

苍天啊，请拯救一下我，好吗？

数年之后，宋远才解开了这时他突然发神经的秘密，他在我耳边小声调侃道："你追求大卫的样子真叫人嫉妒得发狂。"

大卫对不起，因为我让宋远恨了你好多年。

见我还在发愣，宋远继续叨叨："考试时注意力还是需要再集中集中的，你的错误不少，其中一部分低级错误还是能够避免的。记住，不管哪一次考试，你按照我说的去做就好了。"

"好的。"乖巧、听话、懂事的我是绝对不会反驳的。

好不容易回到寝室楼下，我在宿管阿姨的注视下上楼，而杨帆待在门口，开始上下打量我。

“今天的你比平时晚回来十五分钟。”

“……”

这人都怎么了？

“干吗去了？”

“在操场转了转。”

“你们去轧操场了？干吗了？”

“被教育了，但是也被鼓励了，说我总体来说表现还是可以的。”

然后激动的杨帆肉眼可见地失落了下去，转身进了寝室。真搞不懂这小姑娘整天在想什么。

04

高三的生活枯燥无味，但总是有人想让它拥有一点儿色彩。

“咚！咚！咚！”

体委拍打着讲台，班里的同学陆续安静了下来。

他清了一下嗓子，用着有点儿官腔的调调开始说话：“下面由我，文科艺术一班的体育委员来为大家带来一则好消息……”

这话还没说完，下面就一片“嘁”声。

坐在垃圾桶旁边的男生大声喊道：“班级篮球赛和趣味运动会要开始了，大家伙高不高兴？”

一群看热闹不嫌事大的男生女生开始起哄：“高兴！”

如若细数下来，艺术一班其实只有八个男生，他们最大的作用大概是起哄和搬水，当然也会是艺术班的颜值担当，甚至是整个年级的颜值担当，毕竟学舞蹈和声乐的男生形象气质还是不错的。

无论下边的人多么热闹，台上的体委一副不慌不忙的模样，开始用着官腔长篇大论，大概的意思就是炎炎夏日，高三学子备战高考，这是决定我们一生的一次考试，为了让高三学子缓解压力，学校将举行班级篮球赛和趣味运动会。

一旁的杨帆推了一下我的肩膀，低声说道：“哎，你说我们班就八个男生怎么参加拔河比赛？小白体弱多病，老李无病呻吟，宋姐别看他一米八的个子，娇弱起来还没我爷们儿！”

“……”

沉思许久，我认真地说道：“为了我们能够享受日光浴，为了班级荣誉，他们必须上！”

一旁的宋姐：“洛落！亏得我还觉得你是个人美心善的小仙女，居然这么对我！”

“拔河比赛需要男生十个人、女生十个人，我们班才八个男生，宋姐你得理解我们！再说了小白都没说什么，我们班里头的二十三个人有哪一个不参加运动会……”

杨帆小可爱真的是一个十足的话痨，说着说着就扯到了丰富校园文化生活、提高同学身体素质之类的话，总之絮絮叨叨了十分钟。宋姐表示：师傅别念了，我去！

“洛落。”就在我们聊得热火朝天的时候，宋远出现在教室门口，是来找我要试卷的。

在所有人的注视之下，我拿着做好的五套卷子走出去，将他推到楼梯口，低声说道：“你怎么来了？”

“你要打篮球？”

“啊？”

“你要打篮球？”

问了两遍，我才知道他说的是班级篮球赛，于是我笑嘻嘻地说道：“文科艺术班的小姑娘画画、唱歌跳舞还行，打篮球就不行了，我去年参加过一次篮球赛，就想着今年也去。”

“嗯。”

没了？

接过我手里试卷的宋远就这么走了，留下还在蒙圈的我，他大中午过来就是为了改试卷！

这个“丧心病狂”的男人以后肯定是任劳任怨的人民教师，大中午都不愿意放过自己。

“你们俩就说完了？”

杨帆摇了摇头，一副“孺子不可教也”的语气。

“是啊，他可能就是觉得我成绩不好吧，人家觉得 100 分的满分拿 75 分就很低了，按照他的本事没准可以冲刺文科状元呢。”

真是人比人气死人。

“你什么时候做的试卷？”杨帆觉得有些不可思议，在她看来能够好好地上课就很不容易了。

“课间啊。去画室之前那次考试我才拿了 400 分，这一次因为宋远抓着，我的文综和数学提了不少分，语文我也把文言文、诗词背得差不多了，只要作文写得可以，语文总分上 100 分也没问题，不过还是不能松懈。”

学校一本过线率挺高的，这样的成绩在专业生的眼中尚可，可在重点班的老师眼里就是要被放弃的对象。

此时的我这么拼命也许不是为了我，而是为了争一口气。

高考不结束，刷题之路不停歇。

05

趣味运动会发生了一个意外，宋远在凌姨的要求之下必须参加一个项目，而宋远不愿意和别人合作，最终选择和我一起参加双人绑腿赛跑，原因是两个人自幼相识。

得知真相的我眼泪掉下来。

腿都快绑好了，我还忍不住问道：“为什么选我？我们不是一个班的。”

“快是了。高考百日倒计时又需要考试了，你再努力一点儿就能够达到要求了，记住你要考的 A 大建筑系是 470 分过线，但是实际上需要 500 分，去年最后一个被录取的人分数是 501 分。”

他绑好了腿，站起来低声问道：“难道你拿着这一次的分数考 A 大？想试试看自己会不会是最后被录取的那个人？”

“我当然会努力，力争上游！”

每一次面对宋远的时候，我才知道什么叫作一物降一物，他不知道什么叫作怜香惜玉，也不晓得什么是绅士，每一次教育我都一针见血，让我没办法反驳。

宋远总会痛心疾首地教育我，让我不要把送分题也错过了。

但是……学霸眼里的送分题真的好难啊！

“看这边！”

就在我们畅聊A大的时候，从一旁经过的杨帆“咔嚓”一声按下快门，我和宋远光荣入镜。

“什么情况？”我十分不解。

宋远解释道：“作为高三年级的翘楚，学校希望我能树立一个德智体美劳全面发展的形象，校报的人想做一个专栏。”

我记得学校招生办确实打算把宋远当作重点宣传对象，把他放在学校官网上，让那些个还没入校的学弟学妹看看学校的颜值和智力担当。

可惜了，他们帅气的学长马上就要毕业了。不过，这件事也和我没关系吧？

“也不能全部是我一个人的照片，其他人，长相不行。”

所以我长得比较好是吗？

“别的女生我不认得，你长得还算勉强，不给我丢人。”

“……”

绝交！

愤怒之下本想抬脚离开的我却忘记被绑住了脚，差点儿摔倒在地。

“没事吧？”宋远很关切地看着我，没有扶我的意思。在这一刻，我很想告诉广大群众，五中宋远看起来是一个男生的模样，实际上就是一个“恶魔”。

一旁路过的杨帆仗着自己是学校摄影社团的社员将我悲惨的一面拍了下来，一边欣赏自己的杰作一边后退，还忍不住大喊道：“大神，到时候我把照片洗出来给你。”

瞎凑热闹的宋远：“好。”

接下来的十五分钟准备时间里，我和宋远不断地磨合默契度，在他的教导之下我学会了双人绑腿比赛的办法，并成功拿下年级第一的好成绩。

大概……也许有时候最可靠的不是天生的默契，而是在我们并肩前行的时候你愿意耐心地指导我，而我能够明白你的意思。

拔河比赛，作为文科重点班一员的宋远在自己班男生人数溢出的情况下悄悄地潜入我们班，并站在我的身后和我一块拔河。

还没来得及感动的我就听到宋远在身后用着恨铁不成钢的语气说道：“洛落，你的饭量都是白涨的吗？用劲！”

他到底是不是来帮忙的？！

请宋远同学麻溜地回到自己的班上去！

当然，我没有说出口，毕竟班里的男生稀缺，都已经到了要让女生代替男生上场的地步，好不容易来了一个免费的劳动力，自然是万分需要的。

暴晒一日，终于迎来了趣味运动会的重头戏——老师们的项目。

“哇哦，快看！老陈！”

“老陈！老陈！好帅啊！看起来年轻了好多！”

在班里人的惊呼之下，班主任老陈闪亮登场，就在高三专用楼梯的拐角处，老陈身穿半个小时前从班里某个男生那儿借来的校服，脚上的跑鞋显得格外亮眼，他微蹙的眉宇转而舒展开来，想必是对 4×100 米的比赛势在必得。

就在所有人的注视之下，一帮同学大声喊道：“老陈！看这里！”

也不知道是哪个女生带头唱：“对面的帅哥看过来，看过来，看过来，这里的学生最期待。”

老陈注意到我们的应援，欣喜地朝着我们奋力招手。

“快要开始了！”和老陈关系很好的几个姑娘直接冲过去了，看样子是打算过去送水、按摩。

至于我们?

在老陈开跑的那一瞬间，所有人都在声嘶力竭地呐喊——

“老陈！加油！你是最胖的！”

听在取景的杨帆说，她在操场的另一头都能听到我们在喊“老陈加油！你是最胖的”。

事后回想起来，那几声呐喊好像犹在耳边。

06

每年都会有的班级篮球赛对于学生来说是一件激动人心的事情，哪怕篮球赛会打到放学后，大家都愿意花休息的时间去呐喊助威。

对于我而言这是一次展现自己的机会，也是除了体育课、去超市抢热狗之外有限的运动量。

我从卫生间刚回到教室，就碰上了杨帆，她手里拿着几本同学录。

“洛落小宝贝。”杨帆将同学录丢过来，“蓝色的那一本是大神的，他说让你写。”

看来杨帆刚刚在外面遇到了宋远和文科一班的同学，这才交换了同学录。

“哦，行。”

拿着宋远的同学录，我不禁感叹不愧是大神，无论是纸的质感还是整体设计感都是一流的，上边还用钢笔写着“宋远”二字，再继续翻就没有任何笔迹了。

我震惊了！

这是让我第一个写的意思？

还是说他眼里除了我就没有同学了？

其实，在和宋远相处的时间里，我发现他很少和同学说话，哪怕是交作业都只是直接递给组内成员，也没有什么交心的朋友。

大概只有我一个人觉得宋远虽然看起来很狡诈，偶尔也很毒舌，但实际上是一个外冷内热的好青年。

赶紧收回上面那种危险的思想，哪怕我一直怀疑一班的同学对于宋远而言都是空气，但是我绝对不会承认的。

我认真地填完同学录，生怕写错了一个字，又仔细检查了一遍，深呼了一口气，完美。

耳边传来班里女同学的讨论声。

“下节自习课不上啦，我们和六班对打。”

秉承着透明、公开、公平的原则，年级组用抽签的方式选择比赛班级，我们和理科六班分到了一组。

“六班？不会吧，他们班有女生吗？”

“五个吧，但是有一个弱不禁风的主，连篮球都不会拍。”

“啊？那我们赢面是不是很大？”

“她们找外援了，找了两个篮球队的，五个班内的先上，但是估计没打三分钟就要换人。”

我竖起耳朵听她们讨论篮球赛的事情，听到最后我都能预测比赛哪一方会获胜了。

身为参赛队员的我陷入忧伤，这时杨帆拍了拍我的肩膀，认真地说道：“我们班比文科艺术二班的处境强啦，他们班对九班，听说不是校队主力就是校队替补的。”

好吧，真是没有最惨，只有更惨。

好吧，这是一场来之不易的篮球赛，我们必须选择奋勇前行！

到了操场，我就看到在四处观望的宋远，他手里拿着一瓶水，看到我之后小跑过来。

“喝水。”宋远将小瓶的盐水递过来，看了我一眼。

“谢谢鼓励！”我将盐水接过来，喝了一口然后给了身边的杨帆。

原本以为自己就是一条咸鱼，掀不起大风大浪，却没想到还是一条站不稳的咸鱼，篮球赛开场不过一半的时间，我就扭到脚了！

我试图站起来，却失败了，还没从悲伤中缓过来就看到了一张帅气的脸庞，像极了宋远，然后眼前一黑什么都不知道了。

在医务室醒来的时候，嗑瓜子群众杨帆对着我就是一顿场景重现：“呀，你醒啦！我跟你说，你晕倒的时候我都没反应过来，就见大神一个箭步冲了过来，将你抱在怀里，一路小跑送到医务室，看着晕倒的你，眼里满是心疼宠溺。”

“……”

杨帆就是小说看多了！

“面瘫还会宠溺？宋远应该是在说我蠢吧？”

“哎，你还真说对了，他跑过来的时候看了你五秒，骂了一句蠢货，然后拍了拍你身上的灰，看了一旁弱不禁风的男同学，很不情愿地将你抱起，还说了一句‘居然还会中暑’。”

“……”

果然这才是正常的剧情。

宋远依旧是那个宋远，怎么都不会改掉洁癖。

“不过大神是真的跑得很快。”

这极有可能是宋远害怕凌姨念叨他放着我不照顾而做出的反应。

不过这还真是宋远的画风，凡是我出错的时候他都会一针见血地指出来，还不给我半点儿情面。

和杨帆聊了一会儿之后，我就开始发呆，也不知道篮球赛最后的结果是怎样的，不知道有没有人笑话我。

就在此刻，宋远拎着一个袋子进来。阳光洒落，少年的脸庞越发清晰，我看着他，他看着我，忽然心跳仿佛漏了一拍似的。

他径直走来，将袋子塞到我的怀里，说了一句：“蠢死了。”

我收回之前的形容！

我看着袋子里的面包、藿香正气水、淡盐水、牛奶。

被大神照顾的感觉可真好！

我可真是个善变的女孩。

07

有趣的灵魂千千万，好看的皮囊不止大卫一个。

我，开始追星了。原本以为追星与我无缘，却没想到一旦喜欢上了，我只想说一句：“妈妈呀，这是恋爱的感觉！”

虽然我觉得我亲爱的母亲会想劈了我，可我还是忍不住啊！

此处省略无数的“啊”。

看着怀里的蠢萌，我捧着手机发出咯咯的笑声——这一对明星天下第一甜！

“哎呀，腻死人了。”

“我的崽崽呀，看看妈妈。”

“锁死！锁死！我这就去买一把锁。”

我一边在自言自语，一边打开了某宝，当即选了一把精致而又不失贵气的锁，点击下单。

跪求各路神仙锁死我嗑的这一对啊！

为了能够在理智追星之余购买“爱豆”代言我正好又需要的东西，之后的一周，我接了点儿稿，完成课业后空出来的时间我都会用来画画。

“听说你最近在追星？”宋远不知道什么时候来的我们班，意味深长地看着我，笑着说，“是卷子不够多还是分数太高了？考得上哈佛还是清北？”

“……”

是谁把这个魔鬼给召唤过来的！

宋远从我的课桌里拿起一本时尚杂志，用着低沉的声音开始批评教育我，一说就是十五分钟。

“高考还有八十多天吧？”心里有些不安的我试图转移话题。

“你追星的事情，已经被阿姨发现了。”

啊？哪个杀千刀的打我小报告？我藏海报可是很严实的！怎么会被发现！

“一回到家就嗷嗷叫，生怕别人不知道你的男团成员有多帅似的。现在是高三，需要好好准备考试。”

“……”肯定是我在对着“爱豆”嗷嗷嗷的时候，蠢萌也在一边更大声地鬼哭狼嚎，这才引起了母亲的注意。

“没收了。”

宋远!

他拿着我花重金买来的杂志、海报就这么跑路了，难道不知道“爱豆”是我的动力吗？自己打王者的时候怎么不反思一下离满分有多远，作为一个学神怎么能这样！真的是双标!

“刚才那个是大神？”

趴在桌子上的杨帆一抬头就看到宋远抱着我的杂志、海报远去的背影，估计她不敢相信宋远会做出这样的事情，还在跟我确认。

“你说呢？”

“哈哈哈，你被大神抓包了啊。”

“你想我哭吗？”

看着幸灾乐祸的杨帆，我觉得我的心在滴血。

“刚才他一边走一边在看杂志，我还以为你喜欢的他也很欣赏呢！不过，你们家的小可爱长得可真好。”

我疯狂地点头，大概过去十秒才觉得不对劲，很认真地问：“他一男的怎么看男人那么高兴？难道他也追星？”

场面一度尴尬，甚至陷入了无声模式。

“不会的，大神只会和试卷过。”

“你说他喜欢黄冈还是海淀？”

之后的二十分钟，我和杨帆因为宋远到底喜欢黄冈还是海淀产生争执，争吵的程度不亚于一场精彩的辩论。

因为最终也没讨论出个结果，所以我专门在课间的时候问了宋远，而他表示还是喜欢奥数比赛的题目，比较有挑战性。

那一刻，我觉得得换一对，比如“黄冈 & 海淀”“汉堡王 & 麦当劳”。

至于“宋远 & 奥数”比赛题怎么看都不甜。

08

我转班了！

杨帆将我的桌子放到宋远的旁边，冷着脸说道：“如果他们再欺负你，你就告诉我。”

“太皇太后”转过身，很认真地说：“高考倒计时，大家都在朝着心仪的大学奋斗，没工夫欺负她。”

“……”

其实，于兰挺仗义的，因为她送了我一本《红楼梦》，上面还有不少批注，虽然我没看，但是感受到她为了让我成为一个气质型少女的心，我还是很开心的。

最后，杨帆冷着脸走了，一周之后我才知道她经常在办公室转悠，为的是看老班有没有在别的老师面前抱怨我。她不愿意听到半句关于我的谴责，在她看来我已经受了不少的委屈。

知道这件事之后，我嘴里忍不住哼唱《一个像夏天一个像秋天》，我很清楚有时候闺密比亲人还亲，因为没有血缘作为牵绊，由缘开始，直到我们进入彼此的世界，不断地了解彼此，经过时间的磨炼，感情不亚于一对姐妹。

“听说保送的人换了。”

“不是宋远吗？”

“变成二班的栗子了。”

“真的吗？小姑娘人美心善话又甜，挺好的，不过保送不应该是宋远吗？”

“听说主动放弃了，觉得有比自己更需要的人。”

嚣张！过分！就连放弃保送都不错过耍帅的机会。

“你上一次地理考得不好，只有 50 分，校领导不太满意，你多做几套试卷，把成绩追上来。”

宋远的到来让那些人快速地结束话题。

“校领导？怎么不是老班？”我疑惑地问宋远。

“你联考、校考成绩好，校方想栽培你，上一次和班主任吵起来了，你就直接搬走了，这一次我趁着保送的机会反映了一下情况，就把你调回来了。”

“哈？”

一脸蒙的我就这么看着宋远，我转回重点班还和他有关系？

“最近你追星，高三还没毕业就开始放松了，我可不放心你待在艺术班，就和校长说监督你，阿姨也很开心，毕竟重点班的老师肯定是这一年级里最好的。”

“……”

一提到母亲，我立马认输。

宋远帮我收拾着东西，却在看到语文课本里几张泛黄的纸张时呆愣住了。

一旁的于兰歪着头看过去，看到最上面的一张纸上画着的人是宋远，还写了一横排字：

陌上人如玉，公子世无双，美术人的标杆模特！

她忍不住笑出了声，开始上下打量我。

意识到不对，我赶紧伸手去夺宋远手里的纸张，却因为技术不够只抢回了上面一张，剩下的三张还在他手里捏着。

糟糕……我尴尬地转移话题道：“我还有地理试卷没写呢，快点搬好东西我要学习了。”

“你……”

宋远说话了！完了我要丢人了。

“这张有五句话是病句。”

哈？

“这张……文笔不错，不过有三段是模仿的。”

“……”

我不就是拿他当模特的时候顺手配了个字吗……他至于搞出这种语文老师改卷的既视感吗？

跟学霸相处好难，我好难。

09

转瞬之间已经到了五月份，教室里除了呼吸声就是翻阅试卷和写字的声音，所有的人都想一举考取心仪的大学，并不愿意去读“高四”。

还没有从紧张的氛围里出来，就看到窗户外的杨帆在示意我出去，在得到宋远的默许后，我蹑手蹑脚地走了出去，将杨帆拉到楼梯口。

“五月份了哟。”

“嗯嗯。”

我当然知道五月份了，我还知道快到六月七号了。

六、七，录取，还真是吉利的数字。

在我的印象里，无论会面对什么、经历什么，总会有一些人出门的时候都会挑选一个好的日子，寻求一个好的结果。在六月七号考试，一定会带着无数人美好的祝愿进入考场。

虽然马上就要高考了，在这之前的日日夜夜我都努力地去写好每一张试卷，但是现在的我还是觉得不够，毕竟分数也不够稳定。

突然间希望考试的时间不断地延后，让我有充足的时间去准备。

“马上就要拍毕业照了，我们打算自己画班服。”

“真的吗？”

我在想如果宋远能够看到我的眼睛，一定会发现里面的激动之情，可在三十秒之后我又回归平静，不满地说了一句：“杨帆啊杨帆，你该不会是来炫耀的吧？”

“怎么会呢！”她有点儿激动，将手搭在我的肩膀上，看了看班里的人没出来，低声说，“当然是让你过来和我们一块拍毕业照啊！都是一家人何必说两家话，再说了飞哥也愿意啊！”

陈飞又换称呼了？

“你可是飞哥眼里的小宝贝，生怕你受气，我经常往办公室跑，也没少打听。”

“遇见你可真好。”

我一把将杨帆拉到怀里，从她的兜里顺走一包口香糖，一副看破天下事的样子：“说吧，这一次你打算怎么坑我？”

“你画画绝对是班里的前几，我们打算制作班服的时候带上任课老师，还有学校的领导。”

“所以？”我忍不住退后了一步，总觉得大事不妙。

“画班服的事情在班里说了一遍，举手表决之后愿意画班服的有七个人，加上你就是八个，画画功底都是有的，我们在考虑是自己设计班服还是手绘，给手工费的那种，可以够买小裙子的那种。”

为了足够吸引我，杨帆都开始拿小裙子说事了。

“画！”

“先说好了，因为需要买工具、白衬衫，我们预算每人出四十五块，从班费里扣，多余的平摊。”

“成交！”

因为七八月份有漫展，我还是需要买小裙子，必须低头的我没有在下课后画画，而是选择了周末。

我不会承认我害怕被宋远抓包的。

人算不如天算，天算不如人能折腾，因为文艺一班三名同学在上课期间画画被年级组长抓到了，一时间名声大噪，可怜的我被宋远盯上了。

就在第二个周五的晚上，宋远推门而入，看见地上的丙烯颜料。

“你也在画班服？”他盯着桌子上准备的白色短袖，略微不悦。

“啊……是、是啊。”我不自觉地开始结巴。

他“哦”了一声。

“你们画画是讲画风的吧？

“你画出来的东西画风都一样？

“男女生都可以穿的那种？”

他盯着我，接连问了三个问题，我愣愣地点头，只见某人看似平静的双眸闪烁了一下，眉宇微皱。

“我……我就是帮个忙，不是我一个人全部承担的。”我连忙解释。

宋远陷入了沉思。

“不可以去网上买班服吗？”

“这个嘛……总觉得自己画出来的东西意义不一样，可以留下宝贵的记忆，我们打算买一面白色的旗子当作班旗，所有的人在上面按手印，就算是给班里的人加油打气。”

我看了一眼地上的颜料，还有画好的班服，并不觉得自己有错。

“回忆是回忆，高考是高考。”

“既然你们这么闲，我和班长说一声，我们班也画班服，我的那件你画，这个我也不太懂，就画你那种画风。”

我愣在那儿，不知该说些什么。

“……”

眼前的人该不会被别的人附身了吧？

我赶紧后退了一步，小心翼翼地问：“真的吗？”

“嗯。”

“四十五块钱一件！”

“成交！”

因为是我本人介绍的，经过画画组内成员的同意，我光荣地带着一件两块钱的介绍费退休，回到班里听他们讲宋远和班长说起这件事的时候，脸不红心不跳，振振有词。

“自己设计的班服更加有纪念意义，我们是文科班不会画画，就只能劳烦文科艺术一班了，大家都是同学，他们肯定会答应的。”

班长还从未见过话这么多的宋远，一时恍惚就同意了，之后只能硬着头皮开了班会。班里的小姑娘本来就向学神学习，现在学神说得有道理自然是附和的，至于那些男生，因为人数过少可以忽略不计。

第四章

成人礼 /

01

学校即将组织十八岁成人礼，将邀请高三学生及其家长参加。

这不是重点！

重点在后面，就在所有学霸学神想埋头苦练习题的时候，我们班作为高三年级文科重点班是需要有班级代表去表演节目的。

“有谁想自愿报名参加这一次成人礼的节目？”

老班话说完一两分钟了，班里都没有一个人回答。参加一日的成人礼是可以理解的，但是花费很多的时间去排练节目是必须拒绝的。

就在所有人充当哑巴的时候，突然有人大喊了一声：“洛落会跳恰恰！”

恰恰？

我感觉我整个人都梦幻了！居然说我会跳恰恰。

我快速地回头，盯着后面一排的男生，为自己辩解：“其实我已经很久没跳了，不太会了，而且作为班里分数最低的人呢，我觉得我应该花费更多的时间去学习。”

天真的我以为这样就可以逃过一劫，谁知宋远站起来，温声说道：“没关系，我会，我们可以一起。”

他居然也会跳恰恰？

宋远为什么总在不该靠谱的时候靠谱？

一想到自己因为不会下腰，在六岁那年放弃了恰恰就觉得难受。我揉着自己的老腰，看着巴巴地瞧着我的同学们，叹了口气认真地说道：“我真的不会恰恰啦，其实也可以唱歌，比如《北京东路的日子》这种就不错。”

所有人又都看向宋远：“他也会唱！要不你们合唱一首《小星星》？”

“《小星星》？一闪一闪亮晶晶？”

“不是，是另外一首！”

“哦——”我明白了。

我唱起了英文版的《小星星》。

听到我发音奇特的英语，同学们迅速表示还是唱《北京东路的日子》吧，不然让我画沙画也行，反正不能唱《小星星》。

不是那么全能的我在那一刻甚至觉得自己可以封神了。

谁说学美术的什么都能画的！拖出去那啥了！

事情就这么定了下来，由我和宋远一起表演节目。但是还没过去三分钟我就后悔了，开始缠着宋远念叨。

“大神，大神，你刚才没有表态，要不咱们不唱了？我五音不全！”

“那跳恰恰吧。”

我咬牙切齿地摇头：“不！”

宋远不说话，盯着我，我从他的眼神里嗅到了一丝丝不悦……

我开始莫名地心虚，连忙说：“唱歌，唱歌！”

大神点了点头，又去刷题了。

这个人……他的出现证明了一点，学神不仅能够刷题，还格外全能，恰恰、滑板、唱歌、打篮球一样都不落下，还都能把人碾压。

我还是离这种“变态”的人远一点儿。

午休前，我还在懊悔和自责的世界里，对着杨帆哭诉。

“小杨帆，我五音不全。”

“没事，我们不会嫌弃你的。”

面对我的撒娇，杨帆脸不红心不跳，还很认真地说：“这一次唱歌表演可能是大神说话最多的时候，我们需要把握机会。”

“如果你喜欢听他说话，下一次我拿试卷的时候你可以过来，保证刷新你对他的认知。”

她直接无视了我，继续念叨：“做人不能太自私，我们要为广大群众的利益着想，你在重点班不清楚，可是我的情报组织遍布整个学校，你是美术生翘楚，他是学神，是多少人心中的偶像！”

“……”

“高一的几个小学妹开始给你们画广告，还想出横幅，啦啦队都有了。”

“……”

至于这么夸张的吗？

“洛落，今天下午练习唱歌吗？你唱《小星星》吗？”

“最懂我的人还是你！”

激动的我一把抱住了杨帆，很沮丧地将事实全盘托出。

“她们觉得我唱《北京东路的日子》比较好，放弃《小星星》了，其实我觉得《小星星》比较好听。”

我又哼唱了一句。

杨帆倒吸了一口凉气，忍住不笑。

“练习的时候记得喊我。”

“好。”

原本以为杨帆会是我坚实的臂膀，让我翱翔，但是我想错了，最后的结果居然是被两个人带到食堂以最快的速度吃完晚饭，为了让效果更佳显著，晚自习都用来练习。

你们觉得我会进步吗？

不，不会！我只会用现实告诉他们我不是一个唱歌的料。

整整一个半小时不停地出错，我都快要膜拜我自己了。

“洛落，这都练了一个多小时了，怎么比平时唱得还要‘动听’！”

杨帆专门将“动听”两个字加重，想让我明白这一首歌多么“动听”。

“可不是嘛，第一节晚自习已经开始练习了，也该歇歇了，你口里的大神在二十分钟之前就开始休息了，你们俩就这么喜欢我唱歌？”

坐在一旁的宋远吓得差点儿把面包掉地上了，他猛地抬头看向我，仿佛在说：醒醒吧！

折腾了一个晚自习，面对始终无法进步的我，他们决定取消我唱歌的部分，安排我去弹尤克里里。

最后，我变成了即将在成人礼上弹尤克里里的洛落。

当一个人有魅力的时候总是无法遮掩，哪怕吉他弹得一般，还是能够上台。

02

清晨的第一缕阳光透过落地窗反射出去，母亲窸窸窣窣的声音出现。我快速蒙住头开始反思自己昨晚有没有早睡，得知真相的我暗自下定决心一定要早睡晚起。

在睁开眼之后的那十五分钟，我开始给自己催眠。

我只是去参加校庆和成人礼的，我是看人家表演节目，不是看自己，舞台下面的都是萝卜白菜……

十五分钟后起床，我看着镜子前的自己，开始洗漱。

我是一个有仪式感的人，要朝着诗和远方不断地前行，拿起我的尤克里里，舞台 C 位就是我。

其实我不太明白高考进入一个月倒计时为什么还要举行成人

礼，直到母亲出现，我才明白了它的意义所在。

成人礼会给人一种仪式感，在父母和学校的见证下，向过往说再见，不仅会觉得自己已经长大了，还会让家长感叹眼前的人已经不是一个孩子了，他可以掌控自己的人生轨迹，为自己做主。

“阿远、落落，你们看我这一身好看吗？”母亲穿着一件浅蓝色的连衣裙走过来。

“嗯。”

真是一个无趣的人，我开始怀疑如果有人和宋远成为恋人一定会很惨的，他一般都是处于一个惜字如金的状态。

除了训我的时候。

我不会告诉任何人在把班服画好之后，宋远同学连一个谢谢都没有的。

“好看，我亲爱的妈妈穿什么都好看，特别是这件浅蓝色的连衣裙，搭配一个带网纱的贝雷帽会更加好看。”

夸一个女人的时候不能只有一个嗯字，会让人觉得格外敷衍，除此之外，还需要外加附属条件，比如浅蓝色的连衣裙可能更加适合你。

果真啊，还是女儿最懂妈妈。

“阿远的眼光真好。”

“……”

我要画圈圈了！

在我画圈圈的同时母亲继续换衣服。

今天的母亲格外开心，因为成人礼本就重要，和校庆凑在一块就显得格外庄重，故此今天的母亲所穿的黑色的职业装格外沉稳，美中不足的就是她是宋远的家长代表，宋远是学生代表，而我，只是去参加校庆和成人礼的。

晚礼服、小高跟、颈部的小项链、精挑细选的配饰、精致的妆容配上我绝美的容颜，简直是太赞了，和宋远走在一块的时候，我竟然觉得自己能够和学神肩并肩，至少在不讨论数学题的时候我看起来还是一个气质型的美少女。

今天的宋远被母亲捣鼓了一番，本就清秀俊朗的脸庞变得更加好看，如果他对演艺事业有兴趣的话，没准还在尿裤子的时候就被星探挖掘了。

“阿远、洛落靠近一点儿，来笑一个。”

“咔嚓”一声，我和宋远再一次入镜。这一次的宋远竟然在笑，他似乎很开心的样子。

我拿起尤克里里，摸了摸蠢萌的狗头，背起背包。

坐在车子里，我一路没有吭声，手里拿着尤克里里，试着让自己不要紧张。

“吃颗糖会好些，我紧张的时候会吃一颗糖。”宋远开口。

“大神还会紧张？”

“都是凡人。”

他边说边将糖果纸撕开，把糖塞到我的嘴里。

我满是诧异地看着宋远，撇嘴吃糖。

好甜啊！

刚下车，杨帆就冲过来，挽着我的手和我说今天校庆的流程。她现在是摄影协会的副会长，还是有很多的东西需要她操心的。

“今天市里的电视台要过来拍东西，我好忙好忙啊。”

学校组织的成人礼电视台会有转播，因此每一年在给学生举办成人礼的同时还能起到宣传作用。

“洛落？要不你就穿着这一身帮我拍东西吧？”

敢情这厮是来找苦力的？

“她没空。”

宋远走到我前面，用身子挡住我，俨然一副家长的口吻：“趁着空闲再给你讲讲卷子，努力一点儿没准可以考上A大。”

我闻言嘀咕了一句：“其实考C大也是可以的。”

“洛落，A大虽然难进，但你可以考虑别的专业，不是建筑学的专业有一些录取分数是低一些的，而且到时候可以申请转专业，只要你好好地学，还可以考研。”

“……”

妈妈呀，快救救我，宋远念经了。

可转念一想，这好像是一条出路。我可听说了在大一期间只有名列前茅才可以转专业，不过……学得好干吗还要转？万一转了之后学的不好岂不是不能回去了！

“洛落？”

见他那么担心我考学的这件事，我心里莫名有些感动。我呼了口气，打算先换个话题：“听说我们是压轴表演？”

他一愣。

“我是。”

“……”

什么意思？

“学生代表发言。”

“哦……”

03

“你紧张吗？”杨帆戳戳我。

“嗯，有点儿。”当然紧张，下面这么多人，能不紧张吗？

“到时候上台的时候你就疯狂地暗示自己，台下的都是小萝卜，拿起尤克里里，人‘里’合一，达到一个忘我的境界。”

身旁的同学用着标准的播音腔说：“杨帆同学，让一个美术生人‘里’合一你好意思吗，还不如让她当场画速写呢。”

我疯狂地点头——其实我可以画出高分速写的！

“你懂什么，我这是在疯狂地暗示洛落，我俩好歹是青梅青梅，她几斤几两我可比你清楚。”

之后的十五分钟，杨帆围绕人“里”合一和把台下的人当作萝卜进行了重要性的演讲，就在她说得很忘我的时候，突然间看到有人拿着摄像机从她面前路过。

“天啊！还要拍东西！我都给忘了！”

我傻乐了两声，说：“还不是我们感情好，聊起来就忘了时间。”

“我大好的青春啊，怎么能浪费在聊萝卜的事情上。不说了，我得去拍东西了。”

我和宋远的节目被安排在第六个，候场时，我很忐忑地站在台下，和身旁淡定自若的宋远相比显得胆怯多了。

“宋远，你紧张吗？”

“还行，你的尤克里里别吓掉了。”

“……”

宋远我跟你说你再这样我就跟你绝交了！

台上女主持的声音落下，场下就发出了热烈的掌声，还有人不断地喊着宋远、洛落的名字。喊宋远的是一群小迷妹，喊我的是不甘落后的美术生，互相比拼着，毫不示弱。

我心里虽十分紧张，却明白这是为数不多的机会，这可是我第一次接触尤克里里，也是第一次在那么多人的场合放声歌唱。

不对，我好像算不上唱歌。

我跟在宋远的身后，慢慢地走上舞台中央。

欢呼声、掌声不断，我深吸了一口气，微微一笑。

“大家好，我是高三（1）班的宋远。”

“大家好，我是高三（1）班的洛落。”

简单的介绍，没有过多的赘述，不是因为我过于紧张，而是我想注意一下格式的统一，要时时刻刻都做一个精致的强迫症患者。

开始的开始我们都是孩子

最后的最后渴望变成天使

…………

表示从一楼到四楼的距离只有三年

表示门卫叔叔食堂阿姨很有夫妻脸

…………

孩子的孩子该要飞往哪儿去

唱到最后一刻，所有的人都陷入了沉默，三秒之后爆发出热烈的掌声。

我的心情有几分沉重，高中时期有我太多美好的回忆，有追逐打闹也有汗水辛苦，突然间有一天一群人告诉我：洛落你长大了，再也不是一个孩子了。

我不会很开心也不会失落，从过完生日的那一天起我就要告别我的十八岁，向十九岁迈进，我也没有办法告诉所有的人我还是一个孩子。

当然，我也会明白未来会有诸多变故，这只是生命里的一刻，我依旧要大步向前，憧憬美好的明天。

节目结束之后，宋远看着我的眼睛，笑着问我：“会不会在这一刻觉得自己突然长大了？”

见我没有回答，他继续说道：“学校很看重成人礼，这是我没有想到的。之前在美国待着，回国之后在校读书，这是第一次觉得自己有长大的感觉。如果不是你，我会选择在父母离开中国之后一个人待着，十岁起他们就开始经常不回家了，习惯了一个人的日子。”

我还没有反应过来，宋远就已经离开了。

也许宋远是因为有独居的能力才会选择一个人待着，哎，会做菜、打扫卫生的神人啊，我等凡人是比不得的。

不对啊！该不会是因为我太笨了他才留下来的吧？

太过分了吧？

04

终于等到宋远作为学生代表的演讲。

西装革履、形貌昳丽，我眼中的少年显得有几分沉稳，比起平时狡诈的狐狸，现在的他更加让人接受。

果真我还是喜欢大尾巴狼装作谦谦君子的样子。

我坐在空调旁，冷风袭来，多了几分凉意，就在我打了无数个喷嚏之后，突然被一件丢过来的校服给砸到了。

妈耶！我的妆容！发型乱了！裙子起褶子了。

正当我要发威的时候看到了宋远，他已经结束演讲回来了。

没一会儿，杨帆也冲了过来，偷偷地给我看了一眼相机里的宋远，神秘兮兮地说："刚拍的你家宋远，看看呗。"

相机里的宋远嘴角含笑，挺拔帅气，十分好看。

"我的拍照技术好吧？"

"那是因为他本来就好看。"

这时，母亲快步走过来，将手机塞到我的怀里，着急忙慌地说："一会儿你就去前面拍我，最好和你凌姨开视频通话，哎哎哎，不对不对，那边现在没准是晚上，还是录下来，到时候我也能看看，这可是我第一次去台上说话……"

明明一副很着急的样子，可还是忘不了和凌姨炫耀，人家可是学神的妈妈，这样的小场面难道还没见过吗？

母亲碎碎念了一分钟才离开。

我打开她的手机，输入密码：123456789。

我走到前排，将手机对准舞台，开始拍摄。

母亲所讲述的内容无非是作为宋远的家长代表是多么开心和自豪的一件事，那是她看着长大的孩子，余下的内容就是大肆夸赞宋远还有一些自谦的话。

看着台上的母亲，我在心里细数时间，大概过了六分钟终于结束了。

台上的主持人夸赞了几句，就到了跳交际舞的时候。

因为对舞蹈并不擅长，我就拉着杨帆的手跳起了群魔乱舞，场面失控，但没有人过多责怪，反而有很多不会跳舞的同学拉着自己好友的手开始跟随我们的队伍，直到无限壮大，感染了其余正儿八经跳舞的人。

活动结束，高考依旧在倒计时，迎接我的还是努力拼搏和汗水的洗礼，这样忙碌的感觉可真好。

05

光阴似箭、日月如梭，高考在即，我们今天需要整装出发。当然，不是去参加高考，而是去考场看座位。

准备好一个小本子，上边写上考场号、座位号，还有注意事项。

这东西还没准备好，我就看到杨帆冲进来，不顾班内成员的小眼神，直接喊道：“洛落，你知道吗？听说四中有个帅哥是和我们一个学校考试，高不高兴！”

“高兴！”

爱美之心人皆有之，更何况我很喜欢盯着人去看，研究他们的五官，也正是因为如此，我的人头像画得极好。

没准遇到一个有眼缘的小哥哥，还可以聊一聊美学的博大精深。

“洛落。”宋远打断了我的想象，将盐水塞到我的怀里，嘱咐道，“别又中暑了。”

熟悉考场返校后的最后一节课是自习，大家专门空出十分钟的时间开始聊给老师买礼物、办谢师宴、搞聚餐的事情，只要不铺张浪费，学校还是会默许这样的行为。

“不如我们做手工吧？”

“还是写贺卡吧？”

“保温杯不错。”

“笔记本可以考虑。”

…………

一切不需要自己动手且价位合适的想法我都是认可的，因为现在刷题比较让人心安。

班长将现有的提议写在黑板上，每人可以投三票，最终保温杯遥遥领先得到所有人的认可，不过每个人都需要给老师写一句话，并折成千纸鹤。

晚自习，班主任上了最后一课，精致的PPT里有着三年里的回忆，因为来班里不久，我只觉得很温馨，可是一直待在重点班的学霸们哭成了一片。

所有人都看着台上的班主任，眼里满是不舍。三年的相处，有着太多的点滴值得珍藏，每当有人觉得自己快要坚持不下去的时候，会有老师在下课后专门把人喊到办公室，在那一刻以为自己藏得很深的人会感到很诧异，没想到会被细心的老师看破自己的不安，开导自己。

人生中有无数的可能，我们无须在一条道上摔死，但是需要拼尽全力去争取成功。老师们是照亮我们人生的灯塔，指引我们前进的方向，虽然只有短暂的三年，但相遇就值得让人感恩。

在最后半节课里考试中的注意事项已经被老班说了不下十遍，

生怕发生任何意外。按照往年的习惯，准考证会放在老班那里，他和所有的人说自己会提前赶往学校，准备好所有的东西，为班里的人加油。

任何带了感情的东西都会让人感动，我在第一节晚自习之后悄悄地潜入文科艺术一班，小转了一圈，写了同学录，留了祝福，这一个晚上没有刷题，没有负担，只有暖意。

06

六月六号，高考前一天。

按照母亲的要求，我们又去考场溜达了一圈，看着校外的一切，心情没有自己想象中那么平静，但也不会有不安。

看完考场之后在周边逛了一下，碰到住在附近的杨帆在遛狗。看着萨摩耶可爱的样子，我不禁觉得蠢萌的颜值不在线，两个人开始疯狂地吐槽两只蠢狗的日常，如果不是宋远拦着，我都差点忘记自己马上就要高考了。

身边凡是有车的人都自愿参与爱心送考的活动，并且发了朋友圈和人分享喜悦，想告诉身边的人自己参与了一场十分有意义的活动。

“今天我们下馆子，怎么样？”母亲摸着我的脑袋并没有和我讲高考的事情，只是很主动地提出吃东西的想法。

“好啊！”

“嗯。”

这一次我和宋远的想法一致，并没有产生分歧。

最后，经过全家举手表决，选择去吃粤菜，这样吃不仅能够吃到美味的食物还不会出现腹痛的情况，一举两得，还可以消除母亲的顾虑。

对了，忘记说了，我有胃病，如果吃辣的东西容易腹痛，这样会影响高考。

回家之后，打开微博看了一下高考话题，看着大家相似又不同的心情，我调整了下心情，然后沐浴、入睡。

六月七号，我走进考场。

母亲是一个非常有时间观念的人，我们提前抵达考场外，场外那叫一个锣鼓喧天、鞭炮齐鸣——我开玩笑的。

因为考生众多，心系考生的众多家长都在外边等候，考点周围熙熙攘攘，还有各种免费饮水点给考生送水，都希望我们能取得一个好的成绩。

“大神，大神，握个手，吸吸‘欧气’（运气）。”

一群人排着长队与宋远握手，就想着吸考神的“欧气”，能取得一个好的成绩。

杨帆走过来之后，拉着我的手郑重地说道：“逢考必过的你一定要将你在联考和校考所有的幸运和实力给我！”

“好。”毫无保留的我将自己的“欧气”给她了。

“大神的‘欧气’被这么多人平分估计到我这儿就没了，还是你的最好。”

“还凑合吧。”

说得我都不好意思了，因为我在昨天晚上给了宋远一个大大的拥抱，也蹭了一身学神的“欧气”。

一想到当时宋远那个面瘫脸震惊的模样，我就忍不住想笑。

宋远避开那些人走到我身边，很认真地说道：“之前握手的人太多，我的‘欧气’没了，你们不如握洛落的手，逢考必过不是问题。”

他依旧不愿意和人有过多的接触，如果需要有一个挡箭牌，毫无疑问是与他关系较好的我。

“……”

“……”

杨帆小可爱原本只是一只小绵羊，听他这么一说摇身变成大灰狼，压根儿就不许有人跟我握手分享“欧气”，而宋远早已把手插在兜里，旁人没有机会和我俩握手了。

当然了，这都是考前的一点点放松调节，高考结果如何，各凭本事，如果握个手就能解决录取学校的问题，高考状元估计都能通过握手的方式去发家致富了。

“发准考证了。”

“快来快来。”

准考证发放结束，老班千叮咛万嘱咐让我们不要丢了准考证。

好在进入考场之后一切顺利，该掌握的知识点大多都没落下，看考卷上的题目，我奋笔疾书，生怕少写了一个字。

两天时间转瞬即过，沉重的压力也随着试卷的写完消散了一大半，不过让人觉得有些不可思议的是，我看到有人在考场外哭得撕心裂肺，也不知是喜极而泣，还是有预感知道自己考砸了。

嗯……希望在这一次高考的考场上我能成为一匹黑马，成绩有质的飞跃，如果做不到的话，把宋远的分数分我二三十分也行啊！

就在我白日做梦的时候，宋远从我身旁经过，看了我一眼，吓得我赶紧收回那么臭不要脸的想法。

07

高考结束，本以为自己会玩遍大街小巷，开启自由自在的玩耍模式，可是假期到了第三天我就开始想念校园生活，不愿意继续“葛优瘫”了。

树上的喵：滴滴滴。

路上的帆：哒哒哒。

和杨帆对完暗号，我们开始聊天，并且保证没有人窥屏。

树上的喵：喵喵，喵喵，喵喵喵。

暗号：逛街、烧烤、看电影。

路上的帆：那就去电影院吧，我不想逛街、烧烤。

树上的喵：成交！

女生的友谊是很神奇的，有时候我们甚至都不需要眼神，就能知道对方想要干啥。

大概换了十分钟的衣服，我穿上帆布鞋准备出门。

“去哪儿？”

在客厅碰上了宋远，我下意识地就往后退了一步，大概是因为见到他就仿佛看到了数学试卷，让人害怕。

“去找杨帆。”

“哦。”

“我妈打算让我去美国。”他又接了一句，像极了打报告的场景。

“挺好的。”

“是吗？”

他要走了……好像一副不太开心的样子。

一想到每个人都会有情绪周期，其中的几天会不舒服，我就释怀了。我兴冲冲地出门，打算回来的时候给他带一瓶农夫山泉有点儿甜安慰安慰他，毕竟他是真的喜欢喝水。

“嘿，亲爱的小宝贝我在这儿呢。”杨帆看到我的瞬间就跟我招手。

“走走走，看电影去！”

“不不不，我后悔了，先去小吃街。”她笑着说，“太香了！”

善变的女人！

杨帆拉着我的手就往小吃街跑，到了之后发现一眼望去都是人。

“你还想吃吗？”我有点儿迟疑，在这么多人的情况下挤进去得多热啊！

“吃！”

下一秒，我们就开启了胖三斤的小吃之旅。

一只手提着炸鸡、烤串、铁板、冰激凌，一只手拿着柠檬水，看着眼前的臭豆腐、炸串、冰凉粉、凉皮、煎饼馃子……

怎么办？我什么都想要！

“小可爱，你大学想去哪儿啊？”就在我认真挑选美食的时候，杨帆说话了。

我想了想，说：“还是想去A大。”

在没有出结果之前总觉得自己会有无限的可能，也可以去幻想未来，好的与坏的并存的时候也能够去接受任何的结局，美中不足的便是淡淡的失落。

我曾经以为自己不会去在意这种事，却不曾想到最后的百日接近疯狂地去学习，那段时间也会苦恼为什么这么多题不会，也会奋起直追不愿甘于人后。

“你呢？”

“打算出国留学。”

“啊？哦。”

那一刻，我没想要问杨帆去干吗，只是在想好巧啊，宋远也要出国哎。

心里有些失落，也不知为何。

08

“怎么了？”杨帆见我突然有些不开心，忙问道。

“你和宋远都打算出国了，到时候我一个人留在国内该多无聊啊？”

我也是需要小伙伴的人！

原本以为毕业之后可以一起出去玩，没想到他们都打算出国。

出国啊！突然间有点儿想，但也有点儿舍不得A大。

“没事。到时候我会回国来找你的，你不是要去A大吗？听说那儿的吃的超多，到时候你可得带我去看看。”

“好嘞。”

无论怎样，每个人都会有每个人的追求，大家不会把彼此忘记就好了。

“接下来我们干吗呢？”杨帆挑动眉毛，心里又冒出不少的小点子。

“这好不容易在放假之后大吃一顿，我们也该运动一下，先去商场溜达个十来圈，再去吃晚饭吧？”

“同意！”

好不容易能够这么痛快地玩上一天，自然是不会轻易说再见的。

走到离我们最近的商场，两个人开始在商场内扫视，六层楼，真好。

离我们最近的是一家精品店，走进去的那一刻心里满是欢喜，毕竟物美价廉才最讨人欢喜。

“要不买个蒸汽眼罩？”

“这里的衣架好好看！”

“一次性洗脸巾也不错。”

“杨帆，你要坐飞机的话是不是需要一个U型枕？”

“给大神也带一个吧？”

…………

两个人拿着自己的小篮子，一会儿的工夫就装满了。

“要不，再放回去一点儿？”看着篮子里的东西，我有点儿慌，带着这么多的东西逛街？

“我们待会儿再过来买？或者现在挑一部分的东西买？”

盯着自己选好的东西，我迟疑了三分钟，看着自己的腰包，开始忍痛割爱，把心爱的小电扇、碗筷、勺子、叉子等暂时用不上的东西给放回去了。

精品店、零食店都逛了一圈，衣服、裤子、裙子、鞋子，但凡是自己心仪的都忍不住多看了两眼，好在我和杨帆没有过多的想法，坚定不移地守住自己的初心：我看看就好，坚决不买。

如果想买了怎么办？腰包它也不允许啊！

近乎六个小时的时间，我们都用来逛街，逛到最后身心俱疲，双双躺在了商场里的按摩椅上。

“痛！痛痛痛！”

不行，我得坚持住。

在我喊痛之后，杨帆也忍不住吐槽了几句，说这按摩椅的手法让人痛到哭。

“鬼”才知道我那十五分钟是怎么过来的，这么粗暴的机器是怎么赚钱的？

可是当我站起身舒活筋骨的时候却发现其实还挺管用的，要不下次带母亲也过来试试？

按摩结束之后，我们选了一家粉店，打算填饱肚子。

“忘记跟你说了，拿毕业证的那天班里要聚餐，到时候你来一趟吧。”杨帆跟我说。

我微愣，好像重点班也要聚餐。

“我可能会晚点去，也不知道我这边有什么活动，一班也会和老师聚一聚。”

“了解，不过我还是觉得你应该来一趟，毕竟一起待过那么久呢，以后很有可能没机会见面了。”

聚餐选在拿毕业证当天，到时候所有人其乐融融地围在桌前，细说过往，也不知道会有多少人感怀时间流逝。

这么一想，我倒是有点儿舍不得他们了，就好像初中刚毕业进入高中校园，总是把某个人认作以前认识的她或者他。

第五章

盛夏里的巧合 /

01

到了拿毕业证的当天，我和宋远一块儿出门。按照班内的要求，穿的是手绘班服和一条黑色的运动裤，看到宋远的时候，我恍然觉得他就是我才见着面的兄长，而我就是他的亲妹妹。

唯一让人觉得遗憾的是，我和杨帆的默契不在线，她竟然觉得我们是金童玉女！明明是兄妹好吗！

因为重点班也需要聚餐，我就没和杨帆他们在一起吃饭。

“洛落，一起去 KTV 吧？”散场之后，杨帆通过手机向我发出邀请。

“KTV？”

“你这不是没参加聚餐吗？班里的人就想着可以去唱歌。”

“好哇。”

“那你等下，我就在附近，过来找你，我们一起过去。”

回完消息看着身后还没走的宋远，我问道：“你不先回去吗？我要和杨帆他们一起去 KTV，晚些回家。”

宋远“嗯”了一声，脚步却未挪。

见状，我嘟囔了一句：“你也要去 KTV 吗？我一个年满十八岁的小仙女你还不放心吗？”

“嗯。”宋远言简意赅。

我无奈地看了一眼宋远，觉得自己与他相处的时间应该也不多了，就默许了这件事，就当是临别之前的相聚吧。

我和杨帆手挽着手，才走到 KTV 门口就听到有人唱《祝你一路顺风》。

当你背上行囊卸下那份荣耀
我只能让眼泪留在心底
面带着微微笑
用力地挥挥手
祝你一路顺风
当你踏上月台从此一个人走
…………

我轻轻地推开门，里边的人还在忘情地歌唱，那一刻心里暖暖的，满是不舍。

和杨帆坐在一块，拿起另外一支空闲的话筒，我也咿呀呀呀地唱了起来，都是自己人，他们不会介意我跑调的。

“洛落！”

音乐突然被暂停了，看着眼前的李晗，我突然间觉得大事不妙，还没来得及撤退就听到有人起哄的声音。

“在一起！”

“在一起！”

“在一起！”

李晗从身后掏出一朵玫瑰花：“洛落，我喜欢你，我们在一起吧！”

爱的魔力转圈圈，我在圈里蒙圈。

他居然在大庭广众之下表白?

阵仗那么大，考虑过当事人的感受吗?

看他这个样子并没有。

就在我百感交集之际，门被打开了，宋远手里拿着三杯奶茶，冷冷地看了一眼李晗，轻声说：“让开。”

原本以为李晗会挡在前面不让宋远过去，会出现小说里对峙的一幕，没想到他真的就让开了。

学霸的气场?

嗯?

还没反应过来时，我就被宋远拉出去了。看着眼前帅气的救世主男孩，我心怀感激之情。

“没想到居然被人领先了。”宋远不太高兴的样子。

“啊？”这是什么情况?

“你喜欢他吗？”啊哈？我看起来像早恋的人吗?

“我不喜欢他妈妈。”

下意识地接梗什么的……啊，太尴尬了。

02

“还真是巧了。”

“是啊是啊，真是太巧了，你来得太是时候了，感谢你帮我解围。”

我连忙对着宋远表达谢意，我有预感这件事如果被母亲知道了我肯定是会挨批的，所以要先让宋远和我站在一边，放弃告状。

“我是说——”宋远将我堵到墙角，用手支撑墙面，“不巧的是，我也看上你了。”

“！！！”

他在说什么？

我该回什么？

抱歉我不早恋？

但是，我好像毕业了……

早就年满十八的我大脑一片空白，仅存的一点儿念头是赶紧开溜，毕竟不是谁都能够接受被自己的哥们儿表白的，也不是哪个小仙女都愿意迈入红尘俗世。

就在我想迈开腿的时候，却觉得脚被千斤石给困住了，动弹不得。

“洛落。”

他看着我，我看着他，心扑通扑通跳得飞快，也不知道是心动的声音还是我太紧张了。

我盯着宋远的眼睛。

这是我第一次这么看着他，真的挺帅的……

有点儿偏题了。

“洛落。”宋远好像也有些紧张了……

他想去拉我的手，我下意识地往回缩，身子一顿，逃离他的束缚。

“抱歉。”

将宋远推开，我一股脑儿冲到外面，恰好看到出来找我的杨帆。

来不及解释，我拉着她的手不断地往前跑，直到看到了一家奶茶店。

在里面点了一杯柠檬水，我喝了一大口缓神。

看我冷静了点，杨帆问：“怎么了？大神是不是说了什么？”

我老脸一红，羞得说不出话来，今天的桃花有点儿泛滥。

“嗯？有猫腻！”

不愧是和我穿着一条裤子长大的杨帆，一眼就看破我的不对劲。

“我……我……我……”

“你结巴了？难不成你也要出国？”

“没有的事……”

“嗯？那怎么回事？宋远准备抓着你去把高考试卷重新温习

一遍？”

“……”

这还真是大神的作风，唉，如果真的是这样我还觉得能应付得来，可事实上这一次是大神表白。

“难道不是？我觉得只有重新做试卷才会刺激得你一言不合地拉着我跑了三条街。”

“我我……我……他……”

“行了，你想好再和我说。”她坐回座位上，手里捧着奶茶，看着我，就这么看着我。

怪折磨人的。

“大神跟我表白了。”

“嘁，我还以为什么事呢！没什么大不了……”半秒后，她愣住了，吼道，“你说什么？大神跟你表白了？”

这一声直接把奶茶店所有人的目光给吸引过来了，害得我急忙跟大家说抱歉。如果不是杨帆还有点儿用，我真想赶紧起身走人，假装不认得她。

“表白？”杨帆还是不敢相信。

“我还是觉得做试卷比较可信，毕竟你们俩这一百多天聊得最多的也就是试卷了，难道还有别的？”

别的？嫌弃我下厨算吗？

“快说说刚才发生了什么！”

眼里装的都是八卦的杨帆恨不得亲临现场，我只能把刚刚所有的话都跟她复述了一遍。可杨帆得出的结论居然是大神好霸气好直接好酥啊！

这个时候不应该安慰我才对吗？

03

因为宋远突如其来的表白，我不知道回家该怎么面对他。

于是这一次我选择有家不归，屁颠屁颠地陪着杨帆去乡下了。

这是近段时间来离大自然最近的时候，我激动地跳了一套广播体操，活动一下筋骨。

“洛落，我们去爬山呗。”

杨帆拿起镰刀径直走到我面前。

“爬山啊……那你拿镰刀做什么？”

“没什么啊。”

她该不会存了别的什么心事吧？

我掏出手机，里面并没有任何关于宋远的新消息。

他就不会因为我突然间“离家出走”而担心吗？

或者他该不会买通了杨帆要把我绑回去吧？

不对不对！

我真是败给了我神奇的脑回路，杨帆肯定会站在我这一边，而且宋远也不像会使用特殊手段威胁我的人。

可不管怎样，他既然没有进一步的动作，那我也不操心他，我依旧是一个自由自在的小仙女。

“走。”

“哦。”

两个人手挽着手一蹦一跳的样子甚是有活力，不过只维持了五分钟就消停了。

镰刀？在我强烈的要求下，杨帆选择放在家中。

我们路过溪流，走进山林，看着竹林里天然形成的拱门，我不得不惊叹大自然的魔力，这竹子压竹子居然还能压出一扇门来！不过真的好看。

我掏出相机，“咔嚓”一声拍下。

再走近一些，漫山遍野皆是松树，抬头仰望天空，心里得到的是宁静。

“站着别动，对对对，就是这个姿势！别动，等一阵风吹过，绝美的画面！”我对着杨帆喊道。

林间有着较为密集的树，自然少不了天然的光，阳光透过松树照射下来，杨帆站在那儿，恰到好处的侧颜配上微风。

等拍好之后，杨帆走过来看着相机里的自己，一张侧颜，轻柔的发丝随意地打在脸上，因为光透过叶子会出现光晕和阴影，整张照片就显得很高级了。

“这算‘照骗’吗？

“我怎么那么好看！”

呵，难道不该也夸夸我会取景吗？

没良心的。

人家爬山都是一鼓作气登顶，为的是看最美的日落或日出，而我们就不同了，走过山间的小路，看见路边的山茶树可以拍上一张照片，路过野果野花的时候又可以拍上一张，小半天的工夫就拍了几十张照片，惬意又幸福。

在乡下的日子真的让人觉得舒坦，爬山、钓鱼、逗猫、遛狗，小日子别提有多美了，这么一玩，我就忘记了宋远那档子事。

宋远也真的没有再问这件事，就好像所有的东西就这么翻篇了。

04

在线举报宋远，他就是一个小气鬼。

按理来说被告白的人是我，蒙圈的人是我，没想到委屈的人居然是宋远！天理何在！

据说那一天，宋远心灰意冷地回到家中，就开始收拾行李。

我亲爱的母亲看到自己的阿远愁眉不展，忍不住前去询问。

倔强的宋远："高考结束了，现在有大把的时间，我就想出去走走。"

担忧的母亲："可是你一个人没问题吗？"

"嗯。"

"唉……"

"阿姨，没关系的，我只是想出去放松一下。"

他顿了顿，继续说："顺便考虑一下国内和国外哪一个更适合我，妈妈之前建议我去留学，我也打算去外国看看，了解一下情况。”

宋远选了最早的一班航班就这么走了，我回家的时候连个头发丝都没见着。他的衣服没有完全带走，班服倒是不见了，也不知道是不是真的只是出去转转。

至于班服，我就觉得奇怪了，如果想留念想为什么不带校服呢？

“没准你家大神是觉得那是你画的班服，顺手就带走了，睹物思人嘛。”

看着一旁吃粉的杨帆，我也点了一碗酸辣粉。

“我有点儿难过。”

“失恋了？”

“没有！就是觉得他去逍遥快活了，而我只能在这里吃酸辣粉！”

心理极度不平衡的我决定在家里“葛优瘫”，这么一瘫就是一周的时间。之前拿毕业证的时候就已经出成绩了，而且那一次老师还专门教了填报志愿。现在录取通知书还没有来，也不知道是A大还是C大。

我闭上双眼，原本想和周公约会，可满脑子都是一张帅气的脸，长得帅跑得快惹人爱的宋远的脸！而且他手里面还拿着数学卷子！

我产生了一种错觉，宋远在召唤我，喊我写试卷。

被笼罩在写试卷的恐惧里的我赶紧睁开眼睛，在厨房忙活完的母亲这时开口了。

“落落，听说阿远在西藏。”

“过分！”

一想到那绝美的景色宋远看到了却没有带我，我就难过成了球。

“这孩子真是厉害，要是我一个人去西藏可受不了。”

母亲大概不知道如果她让我去的话我也是可以的。

“妈，我也想毕业旅行。”

“不行，你还那么小，怎么可以出去呢！我都没有出去。”

重点是在后面吧?

母亲拒绝了我之后拿着手机坐在沙发上，准备追剧。

唉!

人家宋远出去了那叫厉害，我要是想出去那就是年纪小，大家伙都是一般大，怎么就差别对待了呢?

我觉得我应该做些什么，最好是能被凌姨知道，然后把我当正面教材教育宋远。

于是乎，我用自己买小裙子的钱买了防晒，背起画架开始在街边摆摊。

看着车水马龙的街道，我亮起自己的武器开始招揽生意，从一开始的无人问津，到有人旁观，再到生意有起色，一天下来我格外满意。

就在我打算收摊的时候，突然想起给宋远画半身像、速写的日子，我哼了一声，以后才不要给宋远画速写，他就是个小气鬼！

“小姑娘，多少钱一张？才读高中吧？”

“叔叔好，十五块钱一张速写。”

呀呀呀，又有客人了。

“十五一张的头像画吗？”

头像？要花三个小时的那种吗？

“这里只画速写，头像得画很久。”

见我拒绝，他还试图和我讨价还价。

“十八十八，十八块一张总能画的吧？”

最终我还是拒绝了。

忙碌的盛夏啊，让我忘记某个抛弃我的狡诈狐狸吧！

今天天气好晴朗，处处好风光，好风光，这也好看那也好看，才不缺一个白眼狼。

05

越是逃避一个人的时候越是想念。

当我打开房门没有看到宋远那张毫无表情的脸，去洗漱没有人在旁边争抢领地的时候，我莫名地有些失落。

当然，我不会承认外边的小哥哥没有宋远好看的。

果真还是不要随便接触高颜值的人，容易让人的审美变得狭隘，再也看不上别的人，好看的人看多了只会喜欢好看的人。

第一次见到宋远的时候还以为自己走错了家门，因为我觉得好看的小哥哥是不会犯错的。相处下来才发现古人说得对，人不可貌相，海不可斗量，他就是一个狡诈的狐狸，平日里假装乖巧，坑起我来倒是毫不含糊。

看着我的画册，上面除了一两幅景色之外都是宋远，一颦一笑皆在画中，从一开始的小心翼翼描摹到最后的一两天一张，一不小心就画了六十多张，绘本都画满了。

以至于现在拿起画笔随意勾勒出一个人脸都是宋远的脸庞。

我怀疑我魔怔了！

“他喜欢的人居然是我！”

我叹了一声后，抱着绘本躺在床上翻来覆去，心神不宁，随意地翻看绘本，却发现宋远从一开始的面无表情到后来的总带着一丝笑意。

我有点心乱，将绘本丢到一旁去找母亲帮忙洗菜。

“妈，你家阿远不回来读书了吗？”

“阿远之前就在准备出国留学的事情，你凌姨也在美国，一家人聚在一起也挺好的。”

母亲说这话时也不大高兴，毕竟她非常喜欢宋远。

“阿远不在随意炒两个菜吧。”她瞟了我一眼，继续说，“人家阿远这么好，你就没点儿想法吗？长得好学习好能力强，多好的一小伙啊。”

“妈！你说什么呢！”

06

又在家里宅了一段时间，我感觉自己快要发霉了。

“录取通知书来了。”

母亲捏着一个文件袋，歪着头看向我，眼睛里有着道不明的情绪，像极了……我隐约觉得她是不是背着我偷偷做坏事了。

“啊！啊啊啊！”

来不及细想的我快速地冲到客厅，接过了那个不薄不厚的袋子。

“哎……服装设计？”

我有点儿傻眼了，居然是服装设计！

可是，我拿的是A大的录取通知书！ A大啊！我最想去的院校，也不管什么专业了，毕竟优秀的我去哪儿都是个人才。

这个时候我是不是应该做点什么？首先第一步尖叫！

“啊——我被A大服装系录取了！

“我的妈呀，我被A大服装系录取了！”

就在这个时候，母亲来了一句：“别叫了，我还活着呢！你这样子该不会发展成范进中举现实版了吧？”

“妈，服装设计呢！”

“那你以后去卖衣服？”

“……”

母亲好像一点儿也不惊喜的样子，不过没关系，我今天高兴不和她计较！我兴奋地坐在沙发上，联系了杨帆。

树上的喵：我我我！考上A大了！

路上的帆：建筑系？我的天！厉害啊我的小宝贝！

树上的喵：是服装设计。

路上的帆：你不是没有填这个专业吗？

树上的喵：好像是哎……难道是教育局调剂？因为我格外出色就把我留下了。

路上的帆：挺好的，恭喜你，我的签证还在办呢。

看着手机，我鬼使神差地给宋远发了消息。

树上的喵：我被A大录取了！

whale fall：恭喜。

之后就没有下文了，真是一个秒回但冷场的男人。

躺在床上的我慢慢进入了浅眠，听母亲说我睡着的时候还在傻乐。

傻乐？

可不是嘛！考上心仪的大学不乐呵乐呵，难道还哭？我可不是林黛玉，哭都是梨花带雨，我只会嗷呜！

07

临近开学，我发现了一个猫腻。

这个暑假，我亲爱的妈妈经常偷拍我，不是给凌姨看，而是给宋远看！他还真是在大洋彼岸默默关注我，像极了我的爸爸。

说实话，我爸都没有那么关注我。

一向鼓励我追求自由独立的母亲一反常态，今天还没到八点钟就到我的房间里翻找东西。

“洛落，你的身份证呢？”

还没睡醒的我并不想说话。

“你该不会把身份证弄丢了吧？”

“我亲爱的妈妈你想干吗啊？”

“身份证呢？快要开学了，要开始订车票了。”

“妈！还早呢，我待会儿自己订好不好？”

“难道妈妈给你订车票你还不高兴？要我不管你还是怎么样！快起来，找身份证！”

我打开手机一看，八点。

我有点崩溃，可我能怎么办？

身份证？在哪儿来着？

翻出我的百宝箱，里面装的都是中学六年在各种精品店留的会员卡和各种场合的门票，都是我中学时期的回忆。

哎呀，现在我可是一个准大学生了！能用“回忆”两个字了哟。

我在众多卡片里找出我的身份证，送到母亲手中之后倒床就睡。

晚上十点，我和凌姨视频。

“洛落宝贝要开学了吧？”

“是呢，凌姨，我想死你啦！”

“有空的时候来美国玩，早就想让你过来了，你妈舍不得你，就没让你过来。”

…………

两个人大概说了半个小时关于我多么想你的话，还有这一段时间干了什么。

我也不知道为什么凌姨那么执着地问我，恨不得知道我起床的第一件事是干吗、每分每秒心里想的是什么。

大人的世界我不懂啊！

就在关视频的最后两秒，我看到了宋远，这本来是正常的事情，但是，不正常的是他在用投屏看我！看我！

这个操作……

随着时间的推移，当初的表白成了一段没头没尾的回忆，而我越发憧憬大学生活。

报到日期的前一天，我从家里出发。

“记得好好的，不要总是吃那么多乱七八糟的垃圾食品，你看你出个门就买了那么多膨化食品，还喝那什么可乐。”

“知道了。”但我还是会喝的。

被亲爱的母亲絮叨了一路，我独自坐上火车之后一切都归于安静。

我寻找自己的位置，搬起行李箱，却不能放到本该属于它的位置，行李箱太重了。

就在我一筹莫展的时候，有人搬起了我的行李箱，很轻松地放上去了。

我立刻回头，看到的是一张帅气的脸庞，而这张脸的主人就是宋远。

“好巧。”宋远把行李箱直接放上去，所坐的位置竟然是我的左边！

打死我都不相信这是什么凑巧的事！

看着自己的小零食就这么进入某个人的口中，我很是恼怒。

“你不是不吃垃圾食品吗？”

“现在觉得挺好吃的。”

过分！太过分了！

后知后觉的我突然间想起我亲爱的母亲翻箱倒柜找身份证的场景，这两个人该不会预谋已久吧？怪不得每天都会把我的照片发给宋远，还联合凌姨发视频。

完了！我被组团忽悠了！

我打开一包黄瓜味的薯片一把塞到自己的嘴巴里，一旁的宋远开心地笑了起来。

“你该不会专门过来送我去上学吧？”

这样做其实还挺浪漫的，漂洋过海只为看你一眼。

“没有，我去A大中文系。”

“……”

宋远也报了A大？

08

我掏出手机，背面是路飞咧嘴笑的样子。

树上的喵：妈妈？我亲爱的妈妈？

十分钟之后。

白牡丹：嗯。

树上的喵：你们家阿远居然在A大中文系。

白牡丹：洛落啊，你要争气啊，人家宋远为了你可是找人收集了A大往年各专业的大致录取分数线，在修改志愿的最后半个小时改了你的志愿专业，他为让你上A大也不知道费了多少工夫。

“……”

我默默地看向一旁的宋远。所以我不是被调剂的，而是受到了宋远的关照？

白牡丹：为了能够和你偶遇，专门在大晚上和我商量给你订车票的事情，这孩子还是有心的，你好好把握。

白牡丹：[比心][亲吻]

你还真是我亲妈！

“洛落。”

“嗯。”

宋远掏出一条手链放在我的手心，笑着说道："其实在美国兼职挺赚钱的，吃喝都算我妈的，就用我自己赚的钱给你买了手链。"

"好好看！"

老夫的少女心！

"每次我和凌姨开视频你都在偷看？"瞬间被收买的我好奇地问。

"没有。"

"骗人……"

"我是光明正大地看，只是你不知道。"

好吧……

宋远打开一瓶可乐，唯一的那一瓶！一口就是半瓶！他这是在体验我的生活吗？

"还不错。"他手里拿着汽水，嘴里细细品味。我仿佛看到高高在上的皇子微服私访第一次吃到青菜的样子。

就在我委屈失去了可乐的时候，只见某个人撕开了鸡腿的包装，完全没有经过我的同意，还忽视了我的不满。

"好吃。"吃完一只小鸡腿，某个人极其自然地又撕开了一只鸡腿的包装，像喂小孩一样和我说，"洛落张嘴，啊。"

"……"神经病！

我没给面子，宋远也没生气。

"去美国之后其实挺忙的，去餐厅当服务员、琴行弹琴，本来把学费和部分的生活费凑齐了，不过想了想还是用部分的钱给你买了一条手链，钱不够可以再赚。”

同样是各自领域的学霸，都是暑假勤工俭学，怎么我就只赚到了两千块，而他却有学费。

“你学费多少？”

“算上住宿费五千吧，不过我打算租个房子，偶尔过去住。”

难道文化生的学杂费才四千左右，我一万二！怪不得我没有赚钱的动力，数额太大，无能为力。

一想到我学费比宋远多花了好几千，我的心疼得厉害，而一旁的人吃得津津有味，丝毫不注意我的情绪。

这样的男人能够骗到小姑娘真的是见鬼了！

09

有点饿。

摸着我扁平的肚子，心里想着的是背包里的美味。

我掏出包里的泡面，就在要冲向热水的时候，一想到那个啃着我鸡腿的人，又多拿了一盒泡面。

加水，等待。

香飘四溢，这是一桶带着山水气息的泡面，看着列车外的云层，我竟觉得有几分惬意。

“宋远。”

“嗯。”

“你知道这个世界上最浪漫的事情是什么吗？”

“嗯？”

“就是在列车不断前行的时候，有一个衣着华丽的小仙女手捧这个世界上最浪漫的一碗泡面，慢慢地走向你，让你品尝。”

他有条不紊地接过泡面，认真地说：“泡发了，重新泡一碗吧。”

“宋远！”我抢过泡面，恼道，“爱吃不吃。”

这世间少有的美味他竟然嫌弃了！回答的时候还那么认真，这么挑剔的人，谁信他会喜欢这么不完美的我啊。

“吃。”他将两碗泡面抢过去，对着我说，“再给你自己泡一碗。”

“我就喜欢这样的！”

没想到因为我这么一句话，之后的日子里我再也没吃到过一碗恰到好处的泡面，全部是泡过头的。

吃泡面的过程不过五分钟就结束了，但我还是饿。

“想体验小仙女的生活吗？”

“啊？”

在宋远的注视之下，我徒手将带来的小西瓜掰开，掏出一个勺子和叉子，咧嘴笑。

“来，尝尝。”

见他僵在那儿，我又说：“哎呀，你该不会嫌弃我吧？”

“没有。”他就像是一个机器人一样接过勺子，还问我，“洗过吗？”

“新买的！绝对干净。”

我就这样看着宋远从我身旁经过，远远看去，他用热水将勺子冲了三遍，还一副不情愿的样子。

“下一次可以喊老板切开。”

“你不觉得刚才的那一下仿佛注入了灵魂吗？仙女开西瓜怎么能用切的这种俗气的举动。”

“灵魂？俗气？”

宋远的眼睛肉眼可见地凝聚起满满的疑惑。

他可能是第一次看到这样的仙女吧，我理解。

我添油加醋地和杨帆将重新遇到宋远的事说了一遍。

路上的帆：我的天，洛落你还想不想宋远追你？

树上的喵：啊？

路上的帆：哪个男生不喜欢温温柔柔的女神的？你居然把这么女汉子的形象展现给他？

树上的喵：他之前都抛弃我去美国了！

路上的帆：可人家现在放弃常青藤选择你，千里迢迢赶过来就为了和你在一个学校，小宝贝，你不感动吗？不食人间烟火的男神在吃你喜欢吃的垃圾食品，你不感动吗？

看着一旁的宋远，我一点儿都不觉得他有勉为其难的意思，他吃得还挺高兴的，仿佛打开了新世界的大门。

也许杨帆想多了。

从桌子上拿起一包草莓干，我开始逗一旁可爱的小孩子。

“吃不吃草莓干啊？”

小孩果断地将头撇开，再回头的时候很是警惕地看着我，倒是家长在问：“吃不吃草莓干？要谢谢姐姐啊。”

小孩子依旧不理我。

于是，我把草莓干的包装打开，表现出超级好吃的样子，试图引诱他。

宋远见我给草莓干的行动迟迟没有进展，直接拿过草莓干，递给了小孩，没想到那孩子直接接了过去！

小小年纪就是个“颜狗”，以后还得了？是漂亮的小姐姐不能给你安全感了，还是怎么着？

在下车之前，那位家长很给面子地对着宋远说了一句：“你女朋友真可爱。”

“嗯。”

他居然嗯了！

车站无比炎热，要是脸上没有防晒我可能完蛋了。

“洛落，要不要我帮你拉行李箱？”

想！

但是我偏不！

倔强的我要拉着可爱的行李箱在炎热的天气里慢行，我的目标是拖垮宋远。但是我失策了，在美国做兼职远比拉行李箱要累，在我累得喘气的时候他就跟没事人一样。

拦下一辆出租车，大叔很好，直接帮我把行李箱放入后备厢。

“A 大。”

宋远坐在一旁，看了我一眼开始和我介绍大学城，从周边的交通到主要的功能区，再到街头小吃哪一家好吃，哪一家微辣，哪一家是老字号，熟悉的程度像极了待在大学城生活多年的学长。

“学校食堂有不少的黑暗料理，你可以去试吃一下，会很惊喜。另外有什么想吃的可以告诉我，我在美国去后厨帮忙过一段时间，会做一部分的西点。”

会做西点……

现在的男孩子怎么可以又长得好又会做菜呢！

“我的手机号没删掉吧？”

“……”

删掉了……一气之下删掉的那种。

手机铃声响起，收到宋远的短信。

“那再加上吧。我已经在附近找好了房子，今天就可以签合同，三室一厅，打算养猫养狗养……”

他看了我一眼，然后在笑。

“养花？”我试探性地接了一句。

“也可以。”

我歪着头看向窗外，大概是因为身边突然间没了杨帆的关系，有些不大适应。

大学生活已经开始，高中的点点滴滴已经成了过往，也不知道曾经的朋友几时才能相见。

不管了！美好的生活即将开始！

第六章

千层套路 /

01

可能是因为入校第一天的关系，校内车辆不止，苦哈哈的我正在不断地前行，与我同行的还有我的行李箱。

一旁的宋远第N次说：“洛落，要不要让我给你拉行李箱？”

“不要。”

都说在学妹入校的第一天会有专车接，我没有遇到，会有好看的学长帮学妹搬行李，我也没有遇到。

看着长长的坡，还有一旁遮挡我桃花的宋远，我忍不住哀号：“苍天啊！”

宋远直接抢过我的行李箱，将自己的帽子戴在我的头上，笑着说：“怎么，还生气呢？我又不是去美国逍遥快活，是去兼职的。”

他居然知道我是怎么想的！

突然间想到家中的老母亲，我嗅到了背叛的味道。

“我先帮你拿着行李箱，你轻装上阵去报到，服装系在那边。”

他指了指服装系的方向。

“哦。”

“你这边人多可能不会很快，我也去报到，一会儿来找你。”

“好。”

报名处统一设置在体育馆，每个学院都有各自的位置，来来往往的人很多，在学姐的指引下我打算先去登记，再选寝室，最后缴费。

“把录取通知书和团员档案袋准备好，档案袋放到辅导员那儿，这边的二维码让家长扫一下。”

“二维码？”

“微信家长群，系部的群。”

“有什么用吗？”我拿出手机把二维码拍了下来。

“到时候补课信息会发到群里。”

“……”

“支教活动、五四青年节活动、英语演讲，反正只要是事就会发进去。”

我立马开始考虑，要不要把刚拍的二维码照片给秘密处理了……

“洛落？谁是洛落？女生公寓六栋520。”

“这儿这儿这儿！”喊声打断了我心里的小九九，我把团员档案直接放到桌子上，然后去拿个人信息。

我这还算是简单的，有些复杂的还需要转系，需要得到系部的认可，这一点就很麻烦了，至于我要不要转到建筑系，我算是清楚了，人家招的都是高才生，想进去是不可能了，还不如好好地学服装设计，稳步向前。

“洛落，好了吗？我帮你把东西送上去？”宋远的速度比我快很多。

“还需要拿被子、枕头、军训用的东西，第一个学期你可以在外面住？”

“本来不可以的，但是我这里有证明，辅导员知道情况后也好说话。”

果真是长得好成绩好就是有好处的，这个世界还是会善待优秀的人。

“在这所学校，校考、联考成绩不错的人比比皆是，但是像你这样的省内前三、理综和数学接近满分的人可是很少的，你去中文系，人家不会觉得可惜吗？”

“一米六五？九十五斤吧？我帮你去拿军训的鞋子，三十七码够了吗？”

“……”

“能不能不转移话题？宋远！”

“没有，对这一方面感兴趣，仅此而已。如果读研可以考虑学别的，不过得先看能不能深造。”

人才啊！别人考研就已经很困难了，这位同学还想跨考别的系。

转念一想，A 大也有研究生，如果是宋远，到时候没准可以保研，连考都不需要考了。

我摇了摇头，嘀咕道：“学神的世界还是不要随意触碰。”

“如果你愿意，考研的话也可以考虑中文系，是个不错的选择。”

“不了不了。”

无论是研究学术还是当语文老师，抑或别的出路都不太适合我，我还是安安分分地画画，免得误人子弟。

大概忙了两个小时才将所有的事情搞定。

美滋滋！

“喝奶茶吗？这边的奶茶还不错，我专门看了外卖的评价。已经累了一天了，吃点儿有味道的东西，砂锅？自助烧烤还是吃饭？这边的纸包鱼还不错。

“附近有商城，可以考虑去吃自助海鲜，味道不错，如果想吃辣的可以选择海底捞。”

听着宋远游刃有余的这一段话，我有点意外，纵使之前在出租车上已经感受到他应该提前做了功课，但这种程度未免也太夸张了。

“你之前真的是去的美国？而不是在这里送外卖？”

“去美国是真的，而且我现在对周围有足够的了解也不是通过送外卖。”

02

中心商城，一个无论来多少次都会迷失方向的地方。

“要不我们随便走？看哪家顺眼就吃哪家？平均百元以内的消费都是 ok 的。”

花钱没有底线这个说法自然不会出现在我的身上，一是因为现实不允许，二是因为母亲不允许，三是小裙子不允许。

生活处处都是不允许！

“好。”宋远就这么默默地跟在我的身后，没有半分的抱怨，就好像等这一天等了很久一样，无论多少次回眸，他的嘴角总是带着淡淡的笑意，让人觉得很安心。

好吃的虽然很多，可最想去的还是 KFC，想念这里的可乐已经很久了。

“老实说，你暑假为什么跑出去了？”

“想去散散心，就选了西藏。之后去了美国，是因为父母现在在那边，他们是公派两年，我们大二的时候他们就回来了，当时那边有公寓住，我也不需要多出钱，就想着待一个暑假，可以锻炼一下自己，还可以练习口语。”

“哦哦。”

出国还想着学习，还真是难得。

如果我去了美国，可能会选择在唐人街画画，除此之外可能更多的是选择吃喝玩乐、购物，至于练习口语这档子事，是不属于我的。

“在那边的琴行遇见了音乐学院的学生，可以提点我，还认识了一个大四的学生，感觉挺好的。”

“还交到了朋友啊？”

“嗯。”

“那……你为什么还回来？”

“国内的发展挺好的，而且，我为什么千方百计地来A大你难道不知道吗？”

我快速地将头转到一边，假装什么都不知道。

某个人突如其来的表白打破了我原有的生活，在我乱了阵脚的时候选择一个人出去逍遥，把我抛下的时候怎么不知道小仙女还是需要哄的？

“我知道你不高兴。之后的日子我会照顾你的，你不愿意早起，我会查课表，到时候来叫你，给你送早餐。”

“啊？我才没不高兴。而且，我们现在只是朋友关系，不用这样。”

“洛落。”

“嗯？”

“你听过一旦遇到了对的人就不会轻易撒手这句话吗？你就是我对的人，我有权利去付出，并且想方设法地得到你，洛落，我在追求你。”

我……感觉我的心跳在加速！

“我不相信机缘巧合、一见钟情，但是我相信我的判断和选择，一旦我认定的事情是不会轻易更改的，洛落，我喜欢你。”

我慌忙地将薯条塞到嘴里，红着脸别扭地回了一句：“吃薯条吧。”

“好。”

他轻轻一笑，认真地准备番茄酱，还给我加了一盒小食拼盘，里面的鸡腿换成了我喜欢的鸡翅。

03

关于我和宋远，其实我并不看好，至少我觉得在和女生表白之后，如果没有得到确切的回应，是应该选择去争取一下的，而不是选择逃避。

我不太有安全感，就算作为小仙女的我其实也配不上他吧！

学神的智商真的是珠穆朗玛峰，而我只是一座小山丘。

“洛落，吃串串吗？”在我和鸡翅较劲的时候，宋远出去了一趟，回来时拿着满满一杯羊肉串，打断了我的思绪。

“要！”无肉不欢的我瞬间被吸引了注意力！

“好，看你馋的。”

宋远直接将杯子递给了我，我撩起袖子开吃。

“这家的串串真好吃。”

“确实还不错，以后如果想吃记得告诉我，我可以帮你买。”

“可这儿离学校很远的。”

“没事，不过你不能吃太多了。水果可以多吃，我还会做西点，你要尝试一下吗？”

宋远做出来的西点如何我不知道，但是做出来的菜是极好吃的，凌姨他们常年不在家，宋远又不喜欢吃外卖，就会尝试自己做吃的，做出来的东西色香味俱全，凡是吃过的人都会夸赞，我也不例外。

之后的两个小时，我们去电影院看了一场电影，没有怦然心动的场景，也没有手拉手的机会，两个人各揣着自己的小心思，一同将电影看完。

电影看完之后，我们回了学校，因为宋远非住校生的关系，我只让他送到了校门口。

摸摸兜里早就已经拿到的寝室钥匙，我快步返回寝室整理床铺，还需要用毛巾将床擦干净，因为经过一个暑假沾了不少的灰。

上床下桌，还有独立的衣柜和独立卫生间，寝室一共六个人，还算方便。

树上的喵：都准备好了，坐等为期十五天的军训。

路上的帆：十五天？疯了吧！高中五天我都受不了。

树上的喵：嘤嘤嘤。

路上的帆：大神表现如何？

宋远？

静观其变吧。

原本以为宋远只是一个普通的追求者，我在尊重他行为的同时可以不答应他的追求，但是我想多了，每天早上九点钟响起《最炫民族风》，那是宋远召唤我的声音。

“喂，洛落该起床了，今天早上我给你煮了青菜瘦肉粥。”

“……”

生无可恋的我只能默默地从五楼下来，并坐在楼下的长椅上将东西吃完。

“明天军训了，六点二十开始。”

“哦……”

“想吃什么早餐？”

“不了吧，大哥，我还想多睡会儿觉。”

苍天啊，大地啊，收了这妖孽吧！又不是谁都觉得有好看的小哥哥给自己送早餐是一件很幸福的事情！谁觉得幸福谁要，反正我不要。

我睁大水汪汪的眼睛，表示对他的拒绝。

宋远一愣，眼里满是委屈地看着我。

他这是在学我！

“宋远同学，如果我五点半爬起来，铁定会晕倒。”

“如果你晕倒我就背你去医务室。”

“！！！”

宋远无比真挚地看着我，然后替我规划了一下为期十五天的军训生活，其中包括保持充足的睡眠、量身定制的营养餐。

最近这三天，无论是在食堂、小卖部、水果摊还是奶茶店，我都会以各种方式和宋远偶遇，理智的我告诉自己这不是偶遇，一定不是巧合。

“宋远同学，你应该有自己的交际圈，不要总是围着我转。”

“我这是在保护你，帮阿姨监督你不要早恋。”

年满十八的我：“……”

早恋？

到底是谁要追我来着？

04

军训，一个能够记好多年的活动。

偌大的操场不知道塞下了多少人，在铁栏杆外有拿着西瓜、饮料的学长，还有抹防晒、打伞的学姐，还有看学妹、学弟的想恋爱人士。

我瞬间下定决心，等明年的这个时候我一定要吃着冰激凌、哼着不在调调的歌，让下一届的学弟学妹也感受感受我的快乐。

“看哪儿呢？”

教官的呵斥声响起。

我赶紧回头，经过一开始的接触，我知道这一届教官不好惹，凶巴巴的。

“稍息，立正，向右看齐！”教官一气呵成下达出不带任何犹豫的口令，之后我们就不断地重复着机械的动作，直到有人分不清左右，我们就被要求站军姿，迷糊的犯错者就被拎出来“特殊关照”。

烈日炎炎，光是站着都觉得自己会中暑的时候，偶尔分不清左右其实也是正常的事情吧，唉，心疼。

不过，这个时候最羡慕的还是那些能够去一趟医务室就请病假的人，寝室里的萌萌在军训之前发高烧，咳得连话都说不出，可居然在军训的前一天，神奇地好了！人生就是这么跌宕起伏，她无缘请假，只能跟大家一起训练。

不过是小半会儿的站军姿就让人发现涂防晒霜根本没有任何的作用，毒辣的太阳照样会让人晒黑，有些小姐姐还带妆军训，结果就只能用惨不忍睹来形容。

“立正，稍息，向前看齐，那边的那个背挺直了。”

大热天的光晒就够让人绝望了，之后的跨立与立正口令练习好像更加洗脑折磨，我感觉我的世界似乎都只剩下跨立这一件事。好不容易跨立练习得差不多了，就是不停地向四面八方转，转得人头昏眼花不说，到了休息时间教官还组织我们二营的人玩起了反向口令游戏。

“我喊向左转的时候大家向右转，喊向右转的时候大家向左转……”

“向右转！”

…………

倔强的我成功地挤进前十，却在决胜局的时候惜败。

好不容易熬到了中午，我正想随便吃点儿东西就回去睡觉的时候看到了四处张望的宋远，面对那个很好看的小姐姐他毫不动摇，直接朝着我走来。

“洛落，累吗？今天中午吃什么？”

“随便吃点儿吧，好累，想多睡一会儿。”

“好。”

食堂里挤满了大一新生，远远地瞧上一眼就不愿意多看了。这让我想起高二刚开学的时候也有高一的进来，他们遵守学校的规章制度，无论是寄宿生还是走读生都涌入食堂，直接将队伍排到操场，半个篮球场都是人，那是我第一次觉得学校食堂需要再扩建扩建。

不过也就是在军训刚开始期间，大家对学校食堂不了解，又觉得去食堂比较方便，所以才会造成人挤人的情况，估计三天后这样的盛况就会荡然无存了。

从身旁路过的几位学姐看了一眼食堂，吐槽今年的新生还真是战斗力爆棚，就匆匆离去了。

而我们也选择去外边的小餐馆吃东西。

糖醋里脊、酸辣土豆丝，完美。

“这一家的炒菜还挺好吃的。”我一边用餐巾纸擦嘴，一边夸道。

“这里的鱼也不错，明天带你过来吃，晚上的时候还有训练，今天中午注意休息。”

晚上还有训练？

“晚上的训练……柔弱的女生不能请假吗？”

“不能。”

妈妈，我想回家。

05

军训第二天的六点四十分，死命从床上挣扎起来的我就已经有点儿想放弃了，我合理怀疑自己坚持不了十五天。

大家匆忙地吃完早点，又开始集合了。

看着别的营在跑步，我默默地看向我们的教官，他依旧让我们站军姿，直到别人都结束跑步的时候我们还是在军姿训练。我瞬间觉得他无比帅气！不让我们跑步的教官怎么看都帅。

脚底下踩的是火炉，头顶的是阳光，总结完前一天的训练内容后，教官让我们向后转背对太阳，美其名曰：晒得均匀一点儿。

我们一站就是一天，太阳东升西落！怎么就不均匀了！

在教官和总教官的帮助之下，我黑了至少三个度，回到家中可能我妈都不认识我了。打开手机前置摄像头，两千万的像素也能照亮我的黑。

按照原来的计划，这天晚上从六点半到九点半是唱歌的时间，教官清了清嗓子开唱，三营的教官也把学生们喊过来一起学歌。

“一二三四一二三四像首歌……”

光“一二三四一二三四”我们就学了十分钟，不过坐在地上总比站着要轻松，大家都很开心。

没想到军训这种严肃的事情也会有幼稚的时候，而这事儿是教官带起来的，集体拉歌时，他在别人唱歌的时候起调子，通过拔高音调的方式成功地把人压下去。

别看我们二营教官看起来没什么音乐天赋，这一到比拼的时候绝对不甘落后，整个操场都充斥着我们拉歌的声音。

“四营！”教官嘹亮的声音在操场回响，用眼神示意我们起哄。

这个时候我们自然是需要回复教官的。

“来一个！”

“快快。”

“一二三四一二三四预备起！”

“都给你们起头了快接上嘛！”

“我们等得好着急哦！”

我们仗着声音大为所欲为，在教官的指引之下，几乎每个营都被我们闹了一遍。

之后的几天只要操场上没有总教官的身影，教官就会让我们适当休息，但我们还是将东西都学好了的。

有一次在休息的时候，教官拿出自己班里的合照，我们问照片里哪个是他，当身边的人都猜得差不多的时候，就疯狂地吹嘘最帅的那个人就是他，教官和大家打成一片，之后他还给我们讲述了自己的亲身经历，酸甜苦辣各有各的精彩。相处下来真的发觉，我们的教官其实是个可爱的人哪。

合唱比赛的时候为了争夺第一，大家要自备道具，虽然不是专业的团队，但每个人都十分用心。

正式的表演比我们任何一次排练都要好上许多，听台下的室友说，当我们营在跺脚的时候感觉舞台都在颤抖。

再多的欢声笑语也阻挡不了分离的到来，十五天的时间一晃眼就过去了，拍了大合照，军训结束，而我的减肥生涯也开始了。

为什么呢？因为运动得越多消耗得越多，这段时间每顿都能够吃五六碗米饭的我，圆润了。

06

军训结束之后，寝室里还时不时会有人哼《打靶归来》《一二三四》等歌，突然间能够睡到七点二十，我还有些不大适应。

亲爱的母亲给我发来了视频。

“胖了？

“洛落，你胖了吧？把手机往前移，对对对，是胖了哎。

“把美颜关了，让妈妈看看是不是黑了。

“人家阿远怎么晒不黑，你怎么就黑了呢？”

大家都是吃好几碗饭的人，胖的人是我，军训擦了防晒的人是我，黑的人还是我。

跪求凌姨把宋远丢到染缸里，好好地染出一个健康的肤色，都是黄种人，他那么突出是要干吗。

whale fall：明天有早课，记得早点休息。

whale fall：我会在七点半的时候在楼下等你，吃完早饭去上课。

“洛落，看什么呢？”

“你们家阿远给我准备了爱心便当。”

“这是好事啊！”

之后的四十分钟，我的母亲就一直在疯狂地夸宋远，从小时候路过垃圾桶捡旁边的垃圾开始说起，说到现在已经成年的他是如何的优秀。

我听得一个头两个大……

这时进来了一条申请消息，我借着自己有事，挂掉了电话。

零零一：小姐姐，可以画一组头像吗？

树上的喵：可以，一般三天内提交。

和对方谈好要求和价格之后，我立马打开画图软件准备画画，忘了回复宋远的消息。

此时，待在出租屋里的宋远眼睛一直盯着手机，足足看了二十分钟，最后才接受了自己被忽略了的现实。

深夜一点。

准备睡觉的我忽然想到明天早上还要七点钟起床去见宋远，我给宋远发了消息。

树上的喵：赶稿到现在，明天早上没有早课就不想起来了，你也好好休息。

whale fall：好，我给你送午餐，吃什么水果？

秒回啊！这么晚都不睡的吗？

树上的喵：都可以。

whale fall：那就杧果吧。

累极的我倒头就睡，也不管那么多了。

第二天中午还是选择去食堂吃饭，总觉得太劳烦宋远也不是什么好事，不过他还是准备好了水果。

吃饭的时候，我打开微博，看到了热门话题“我爱你还是我养你”。

“这个有意思哎。”

“什么？”

“微博上面在讨论，如果是你，你会选择我爱你还是我养你，哎，宋远，你会怎么选？”

宋远似乎有点儿疑惑。

“我养你？”我主动提问。

他继续疑惑地看着我。

“我爱你？”我又问。

“我也是。”

我我我……我被套路了！

有点儿恼了的我在那一刻同时觉得心里泛起了甜滋滋的味道，也不知道为什么。

宋远盯着我，笑着说道：“真可爱。”

我老脸一红，不再说话。

“你喜欢现实还是浪漫？”

“什么意思？”

“一个人能够帮助你，满足你的物质需求，就是现实，至于浪漫，他可能无法顾及物质方面的东西，但是会花费小心思逗你开心。”

“浪漫吧，一个男人我还是能够养得起的。”

“……”

我依稀能够看到宋远抽搐的嘴角，他可能要换一个小姐姐去追求了。

07

上一次还放下豪言能够养活一个男人，这一次我就面临短期失业，我已经好多天都不想画画，甚至没有在微博上打广告了。

路上的帆：吃鸡吗？

树上的喵：你喜欢吃烤的还是炸的？

路上的帆：[瘫倒]

路上的帆：是和平精英游戏，快下载。

一入吃鸡深似海，从此无心搞事业。

“啊啊啊啊啊啊！救命啊！有人打我！”

第三次落地成盒了，我只能选择观战，两分钟之后杨帆也成盒了。

“你吃过鸡吗？”

“和大神双排的时候吃过。”

“宋远？”

杨帆沉默了三秒，怒吼道：“除了宋远你还认识别的男生吗？”

“……”好吧，我就是也想在线吃鸡而已嘛。

“等下我拉人来和我们一起玩。”

新玩家加入了队伍，游戏 ID：大佬散步我开枪。

“小哥哥？”我问道。

“小姐姐。”大佬散步我开枪轻声纠正。

“我们是要三个盒子逛地图？”我又加了一句。

“……”

“……”

我有不祥的预感，怎么办？

接下来的二十多分钟，我们一路匍匐，几次遇到敌人都没被发现，一枪没开的前提下，我们还活着。

“要不，我们直接苟着？”

“好的。”

“好嘞。”

在所有人的统一之下，加上自己的“欧气”，我们成功地进入了决赛圈，还“吃鸡”了。

什么叫天选，我就是。

08

因为上一把吃鸡了，开心的我们又开了一局。可是吃鸡这件事强求不得，这次落地不到一分钟我就连方向都分不清，随之而来的就是我的尖叫，然后全队战败。

我不信邪，再开一盘。

落地 98K 和八倍镜，我想这把应该可以了吧。

“洛落，大神预约了。”

“哈？”

“宋远！”

我手一松差点儿就暴露了自己的位置，赶紧趴在地上。

“洛落？”

“我听到了，那等下我们一起？”

“OK，刚好四排。”

宋远进入队伍，只是喊了一声洛落，我答应了之后，他就没再吭声了。

进入航线，我在脑海里猜这一次要几分钟落地成盒。

“洛落，要 M416 吗？”宋远问。

“要要要！”有枪啊！我的眼泪都快要流下来了，终于不是 UZI 了。

我心满意足地拿着 M416 阔步向前，还没高兴几秒就看到不远处的人。

“有人！有人！”立马趴下的我快速认㞞，心里默念看不见我看不见我。

然后，我就挨打了。

“……”我要哭了。

“这就来。”

“砰”的一声，不远处的敌人被宋远用98K一枪爆头。我用膜拜的眼神看着屏幕，耳边传来杨帆和大佬散步我开枪的声音：“大神啊！厉害厉害！”

之后大概三十分钟的时间宋远见人就杀，在我们的欢呼声之下他显然成了隐藏Boss，别人干不掉的那一种。

神级人物果然干啥啥都行。

还剩下五个人了。

“洛落趴着不要动。”

身穿极地服的我化身伏地魔：“嗯，不动不动。”

只见宋远快速站起身，直接与最后的那个人对上，不到三秒，游戏界面转换——大吉大利，今晚吃鸡！

这就结束了？不，这只是一个开始。

接下来的游戏里宋远就仿佛发现了我的易挂体质，无论我身处毒区还是旁边有人，他总是会在第一时间将我救起，将物资送到我的手中。当我拿着枪一顿“突突突”也没干掉对方的时候，他只是笑了笑，干趴下我身边的敌人，让我去补枪。

人生在世总是会发生意外的，就好比哪怕有大神护体也改不了我跑着跑着就跟丢的习惯，我被人干掉了。

然后对面的四个人被宋远给折磨了，大概的情况是A倒下，B去救，好不容易救起来A，B又倒下了，然后队友C想赶来支援，结果还没跑过来就被打趴下了。

之后的几分钟里就是周而复始的循环你救我、我救他的过程，对面整个队伍都快要疯掉的时候，全队卒。

作为旁观者的我看着都头秃，转念一想是他们干掉我的，就觉得大快人心。

之后的几盘游戏只要我挂了，宋远就会帮我报仇，并且绝不独活，随我一起结束游戏，留下想吃鸡的杨帆哀号某大神偏心到没人性。

09

不只有红颜祸水，还有蓝颜危机。

我又因为目前还是朋友关系的宋远同学，被人堵了。

寝室六栋门口，身穿蓝色半截袖、宽松高腰直筒裤的女生满是愤怒地看着我，就好似要把我吃了一般。

“你就是服装系的洛落？”

“啊？嗯。”

我脸上挂着笑意，心里不知所措。

“服装系的新晋女神？长得倒是眉清目秀，怎么，都不会做人？”

“……”

我脑子里满是她旁边那个穿着复古港味格子衫配上高腰超短裤的妹子，这小姐妹长得真好看，穿搭也漂亮。

“女神不敢当，请问两位同学是有业务吗？我现在不方便接单。”

“接单？”

蓝色半截袖的女生冷笑了一声。

“你好歹是挂着个女神的名头，做人做事能不能注意一下分寸？宋远从开学就跟在你的屁股后面走，几乎把一日三餐都包下了，对你真的不要太上心吧？人家是真正的男神，要颜值有颜值、要智商有智商，你如果看不上人家，就不要玩暧昧拖着人家了，真是没品！”

“你该不会是觉得玩暧昧很有趣？身后跟着一个小哥哥就很有成就感？ A 大长得好看的姑娘一抓一大把，麻烦你好好看清自己！”

这两个是，宋远的粉丝？

“这个，你们可能误会了，我和宋远早就认识了，只是朋友关系，朋友走得近一些，也正常吧。”

这种情况下不能过多地解释，会显得很刻意，搞不好惹得两个妹子更生气，对我的“人身安全”造成什么威胁。

“洛落，不要以为自己长得还不错就可以玩弄人家的感情，你……”

“谁玩弄谁的感情了？”

宋远拿着饭盒径直走来，看着两个替他打抱不平的女生忍不住皱眉。

“宋远，你都这么追她了，中文系的人都知道了，你如果相貌平平也好说，可颜值智商都在线，凭什么她就看不上你了？”

看到痴心的宋远，蓝色半截袖的女生快要气疯了。

“因为对方是一个帅气的白衣少年就要随口答应吗？这虽然是一个看脸的世界，但不至于拿自己的后半生开玩笑。”我忍不住插话道。

宋远闻言也笑了：“别的女生我不知道，我只知道洛落没有在第一时间答应我，我很欣慰。她是一个能够保护自己的女生，会考量一个男生值不值得她去付出、去托付终身，而不是仅仅因为对方长得好就同意在一起。

“至于我的付出……喜欢一个人如果都不愿意付出的话，那就没理由追求回报。而且不付出不去尝试，怎么知道对方能不能接受自己？

“没有果断地拒绝，与对方相处去了解之后，给出答案，这是一种尊重。当然，直接拒绝也是OK的，毕竟不是谁都能够花费自己宝贵的时间去了解接受一个人。很高兴你们能够为我说这些，但是不要干预我的私生活，我知道我自己在做什么。”

说完，宋远就带着我走了。

坐在亭子中，我的心有些乱，不得不说宋远做的一切都是极好的，只不过我从未度过自己这一关。

“你觉得我作吗？”

“为什么我会这么想？你和我认识不过几个月，我莽撞表白之后还逃走了，没有给你适应的机会。之前的日子我们活在刷题的世界里，被梦想包裹着，你的眼里只有A大，我也只是一个不停帮你补课甚至还有点儿烦的同学，我知道的。”

我傻眼了，原来宋远一直都很清楚，可他从未说过。当一个人设身处地地为自己着想，真的无法让人不动容。

“当初一股脑表白的人是我，逃去别的地方的人也是我，那虽然是赌气，但是实实在在地有影响到你了吧？经历过一次失望自然而然地就会产生戒备，我当然只能不断地付出，告诉你选择我其实挺好的。”

“老夫”的少女心要炸了！

“那啥，我想吃鸡。”

“……”

第七章

准女友 /

01

重新见到宋远的时候，我有点儿不自在，自己昨天的反应就是一场事故，那是什么尴尬的转移话题方式？

我一边佯装低头玩手机一边懊悔的时候，一辆摩的冲向了我，还未反应过来就摔倒在地。

不疼？

扭过头看着身后护住我的宋远，我吓了一跳。

“你没事吧？”

宋远咬紧牙关，低头说：“可能腿伤着了。”

在剧烈的撞击之下，宋远的腿部受伤，裤子被划破，鲜血直流。

我赶紧将兜里的方巾拿出来帮他止血，在校友的帮助之下去了附近的诊所做了简单的包扎再前往医院。

“伤筋动骨一百天，洛落你可要照顾我。”

宋远突然苦情的样子让我起了一身鸡皮疙瘩……可人家是为了我受伤的，我只好说：“好。”

“我现在腿脚不便，也不好做饭了。”

看着似笑非笑的宋远，我暗感不妙。

“那点外卖？”

“那可不行，点外卖不健康，而且我这样怎么拿？”

“……”

入校时间过短，身边也没个熟识的人，就在我百感交集的时候，中文系诸多的小姐姐听闻了消息来看这位帅哥了。

小姐姐们温柔贴心，表达了适当的慰问后叮嘱宋远好好休息就走了。

看着床头柜上堆满的水果篮、鲜花，还有三份煲好的汤，我觉得宋远并不需要我。

“你干脆公布你的病房号，到时候肯定有更多人抢着给你送吃的。”

宋远脸一黑：“我是为谁受的伤？”

“我。”

“那你是不是该对我负责？”

“你哪儿挨着上我负责啊。”

“洛落……我只想让你照顾我。”

“好吧好吧，那我每天都来一趟医院？”

“占用公共资源不太好，过几天我好点了就还是回去休养吧，家里比较方便，而且还有英短需要照顾。”

“你养了猫？”

还有多少是我不知道的？

“你想看它吗？要不现在就出院吧？”

“不行！先观察几天！”

我赶紧将宋远推上床，却在要离开的时候被他抓住了手，只听他用委屈的声音说道：“你该不会要抛弃你的小哥哥吧？”

如果此时此刻的我在喝水的话一定会吓喷的。

这根本就不是我认识的宋远，难道被谁附体了？要不要找一个道长来看看？

我将手放到宋远的额头上，嘀咕道：“没发烧啊？你还认识我是谁吗？”

“认识，洛落。”

“也没病啊……”

国庆节，陪着一瘸一拐的宋远回到家中，母亲看着自己的阿远身受重伤，险些把我暴揍一顿。

“洛落，你以后走路不要玩手机。”

“我……是有个单子找来，我得给人家回复消息啊。”

“就非得忙那一会儿？而且你很缺钱吗？”

“不是……我是为了锻炼自己啊，而且挣点儿钱不好吗……”

“你赚的钱够给阿远看病的吗？”

“……”

天啊，为什么被撞的人不是我！

在我接受母亲灵魂洗礼的时候，宋远在旁边美滋滋地吃着当季的水果，手里捧着的还是专门放我照片的相册。

“妈，到底谁是你的小宝贝？”

“阿远。”

行，我铁定是捡来的。

母亲终于结束了对我的“批判”去做饭了。我叹了口气，坐到宋远的旁边，抢过相册，笑着说：“怎么样，我小时候可好看了吧？”

“嗯，毕竟是我看着长大的小仙女。”

“那是当然！不对，怎么就看着长大了？”

我死盯着宋远，开始在想此人难道从小就默默跟在我的后面关注着我吗？青梅竹马？不会吧！

“我妈不是挺喜欢你的吗？阿姨每年都会把照片给我妈，我们家到处都是你的照片。”

“……”

这一刻，我突然间庆幸自己长得不算寒碜，不然天天把自己的丑照放到宋远的面前，那得多丢人啊。

他低着头，笑着说：“我觉得我们得再拉近拉近两家的关系。”

“怎么拉近？”我也想多一个妈妈，凌姨的疼爱越多越好，因为我母亲的心眼儿都已经歪得救不回来了。

“你入驻我家的户口本，怎么样？”

“你想当我的哥哥？”

宋远震惊了:“我……我不是要说这个,其实我的意思是……”

他的话还没说完,母亲端着一盘核桃出来,笑盈盈地说:“阿远啊,怎么突然结巴上了?别是被撞了一下影响到脑子了吧?来多吃点儿核桃补补。”

看大戏的我忍不住笑了出来,让宋远不学好,还想学网上的段子欺负人,这下好了,母亲来搅局。

面对母亲,宋远就算有再多的苦都得自己咽下去,毕竟核桃都端上来了。

等母亲走了之后,我看着埋头吃核桃仁的宋远,起了逗逗他的心思,于是低声说道:“没事,我知道你的意思。”

“真的?”

“如果你想当我儿子,也是可以的。”

“……”

在宋远还没有发火之前,我嗖地冲到了自己的房间里,打算把之前的单子处理一下。

回到房间还没有四分钟,我就收到了宋远的消息。

whale fall:系部篮球赛在筹备了,我打算参加。

树上的喵:什么时候?你的伤……能去吗?

whale fall:过几天呢,能的。

树上的喵:那 OK。

whale fall:你要来。

树上的喵:我没有什么兴趣哎……

whale fall：为了你受的伤，你得照顾我吧。

照顾？该不会让我拿着水在旁边等着吧？到时候一堆的女生蜂拥上前的时候，我能突出重围？

whale fall：你到时候就给我加油，喊宋远加油，宋远最厉害了，最喜欢宋远了。

我果断地拒绝了。

“咚咚咚！”敲门声响起。

“谁啊？”

某个人一瘸一拐地走进来，很是委屈地说：“洛落，你得对我负责，你看我这条腿，以后如果留疤了，不会有人要的。”

过分了！

在母亲的主持公道之后，我决定在系部篮球赛的时候给中文系的大才子宋远送水。

晚上，室友萌萌发来消息。

萌不是那个萌：听说你和中文系的宋远在一起了，是吗？

萌不是那个萌：乖乖，长得太好的男生可要不起。

树上的喵：没呢。

萌不是那么萌：那就好。

长得好的男生都不靠谱？万一他是别人接触都困难的冰山男呢？

02

假期结束，大拷问开始了。

寝室里的人一看到我就把我团团围住。

郝萌："乖乖，你之前是骗我的吧？快说说你和宋远到底什么关系？"

话音一落，其余的人就开始起哄，八卦的气息一下子就充斥了整个寝室。

"听说宋远可是中文系的大才子，学校学生代表，能够在A大成为代表可是学神级别的人物，你俩什么时候在一起的？"

被她们一说，我都差点相信我们已经在一起了。

"我俩高三的时候是住一块儿的，两岁的时候就见过对方不穿裤子的样子。"

"啊？"

"青梅竹马？"

全场震惊，我只能简单地介绍了一下我和宋远的关系，还有高三所经历的魔鬼训练，最后还笑嘻嘻地说："你们是喜欢黄冈还是海淀？"

她们一下子就尿了，都说不喜欢，唯有画画才是自己唯一的一条出路。

就在这个时候，郝萌凑上来，把我扯到一边。

"你如果喜欢宋远，尽早宣示主权。"

"干吗？"

"我可帮你打听清楚了。宋远才貌双全，身边美女可不少，又是待在中文系，别说大一的女生一堆人都想做他女朋友，学姐们也对他有想法，最近学生会主席就向他抛橄榄枝，让他加入学生会呢。你得明白什么叫作醉翁之意不在酒，在人。”

看着郝萌，我忍不住大笑起来，反问道：“现在为止，有几个人和他说话超过了三句？除了回答必要的问题。”

郝萌的手僵住了，她没想到能对人体贴入微的宋远其实也能走高冷总裁的路线，至于和他闲聊超过三句的别的女生，还真没有。

“那你干吗不和他在一起？”

“当初宋远和我表白，我被吓跑了，没给他回应，结果随后他也跑去别的地方玩了，说要散散心，就把我扔家里了。说实话，我没什么安全感，我不能因为一个人的一时热情就盲目付出所有的感情。”

我还是一个理智的人，特别是面对毫无把握的感情。

“而且，我现在也还不喜欢他吧。”

“当局者迷啊……”郝萌留下这句话，最终还是没有多说。

因为“宋远被美女环绕”的传闻，我特意关注了一段时间，之后觉得那些女生真的挺可怜的。

宋远会在意身边小姐姐的可能性几乎是不存在的，漂亮的小姐姐从我身边经过我都忍不住看上几眼，他就能当作不存在，哪怕在我的提醒之下，他都只是匆匆一瞥，偌大的校园他可能最在意哪里的风景好看、哪里的吃的好吃。

之前我只以为他是无趣，现在细想之下他所在意的一切，似乎都是因为我吧。

平安夜，一个带有着寓意的节日我收到了宋远的苹果，看着十五块钱一个的苹果，我觉得肉疼。

我打开苹果包装，发现苹果居然是坏的。

拿着坏了的苹果，我很认真地对宋远说道："你的心意我收到了，可是这种苹果包装虽然精致，但价格昂贵，质量还没保障吧。"

"知道了，下次我会挑一个好一点儿的苹果。"

我的重点不在这里。

"我的意思是……你不用特意这个时候买高价苹果给我的。"

"好，我们洛落已经知道帮我省钱了啊，就听洛落的。"

"谁帮你了！我才没有呢……"

我真的下意识在帮他省钱？我绝对不能承认！

"明天圣诞节，一块儿过吧？今年一起过了中秋，再来一个圣诞也不错。"

"好。"

说到中秋节，我就想到宋远拉着我去游乐园玩了一圈，玩旋转木马都觉得高的我，在好奇心的驱使之下坐了过山车，在玩过山车期间尖叫声不断，这真的是一个令人永生难忘的项目。

为了能够真切地感受刺激，我又选择了海盗船，因为同船的人有一个导游，一上船就开始和操作人员说越高越好，有关系的他达到了自己的目的，而我，真的挺"开心"的。

"明天打算穿什么？你那件枯叶橘的羽绒服配上高腰过膝短

裙还不错。”

短裙？这么搭确实挺好看的。

“嗯……那还要穿光腿神器，穿几条呢……”我嘟嘟囔囔地盘算着。

“要不米色中款羽绒服配上浅蓝色的牛仔裤，我觉得也挺好。”

这样也可以哎。

“或者卡其色的长款风衣配上高领毛衣，再加一条深色长裙？”

见我有些犹豫，宋远似乎觉得我并不满意他之前的两个意见，给出了第三个建议。

其实我觉得都很好，只是我有选择困难症。

“等等！这选择也太多了吧？”

我赶紧打住他。再说下去我可就真不知道该怎么穿了，自己平时的搭配比较休闲随意，可是最近在凌姨的关照之下我已经收到了几套衣服，也不知道衣服是宋远挑的还是凌姨。

“已经不知道穿什么了？我觉得米色中款羽绒服配上浅蓝色的牛仔裤最好，这么冷的天气穿过膝短裙的话会冻着。看你这么纠结穿衣服的事情，以后这件事就交给我了，我帮你搭配。”

“啊？”

看着宋远嘴角的笑，我突感事情没有那么简单。

我把这件事和杨帆说了之后，她回了一句：“谁会希望自己准女友的大腿给别人看？洛落小宝贝你还是把裙子收起来吧。”

“……”

好像有那么点儿道理！

不对啊！谁是他的准女友！

就这样，在充分考虑某人建议的情况下，我选好了要穿的衣服，最终又挑了一顶贝雷帽戴上。

圣诞节走出寝室门的时候，我莫名心虚，毕竟自己还是服装系的学生，现在居然沦落到宋远为自己搭配衣服了。

“刚买的奶茶，还是热的。”宋远很贴心地将奶茶送上来，用手开始暖我的耳朵。

过了大概两分钟，他又塞给我一双手套，轻声细语地说道：“米白色的手套百搭。”

他该不会背着我偷偷地去服装系上课了吧？

“知道了。”我快速地戴上手套，看着上面萌哒哒的耳朵，我开心地蹦了起来。

就在我觉得心里暖暖的时候，我发现宋远和我穿着同色的风衣和牛仔裤，第一反应就是撞衫了。

“要不，我回去再换一套？”

“这样很好。”

小雪纷纷，我们俩走在人来人往的街道上，我觉得心底蔓起了一股幸福的感觉，暖暖的。

走着走着，我感觉手里的奶茶有点儿回归于常温，感叹道：“哎，这奶茶还真是不争气。”

“啊？”

“没什么，奶茶很好喝，就是凉得有点儿快，有点儿冷了。”

宋远接过奶茶，似乎是在感受温度。

“再冷一点儿就不要喝了。”

“哦。”

一想到这么好喝的奶茶就要送给垃圾桶，我赶紧深吸了两口，就喝完了，然后心满意足地把空杯子放进垃圾桶内。

宋远将耳机塞到我的耳朵里，里面传来*Merry Christmas*的音乐，两个人逛了商城、海洋城，在自助烧烤果腹，最终在影院结束了一整天的活动。

“都这么晚了，估计寝室都关门了。”

我一愣，“啊”了一声。

“放心，我不会对你做什么，小短腿想你了，它觉得你也想它了。”

“……”

我能说什么呢？不过我确实想念宋远家里那只可爱的猫咪了。

03

跨年夜，本来打算和室友一块嗨歌的我被骗出来了。

“怎么，还不高兴？不是让你们中午出去聚餐了吗？”

他还一副自己受了委屈的样子，我还委屈呢，下楼之前室友就像看国宝一样看着我，还祝我早日拿下宋远。

跨年夜的前一晚，宋远就跟我发了二十三个字的消息，估计斟酌了不下十遍，因为他不是一个善于卖惨的人，但还是卖了。

思来想去可能是因为我在昨天晚上十点的时候暴露自己要去 KTV 的事情，然后某人就抓到了我。

whale fall：洛落，远在他乡的我孤苦无依，跨年夜都无人作陪。

看到这个消息的我都震惊了，他还是宋远？

树上的喵：班里没有活动吗？

whale fall：[委屈]

树上的喵：？

whale fall：明天陪我吧。

树上的喵：明天有活动。

whale fall：中午陪她们吃个饭就好了。

之后的半个小时，他干脆给我打电话，用谬论将我说服，而我只能选择和宋远出去，还穿上了他给我搭配的衣服。

“看这儿。”

一个蓝色的小礼盒，上边的图案是一个精致的音乐盒，有一个长发小姑娘在跳舞。

“里面的歌是我弹的。”

…………

全能的学神送礼物就是不一样，就连音乐盒里的音乐都是自己弹的。

“这段时间在琴行待着，一边练琴一边教人弹琴，小赚了一些。”

宋远从小练琴，为的是防止以后成绩不过关还有艺术垫底，故此凌姨格外严格，之后发现他到了初中成绩一直名列前茅，还有望跳级，钢琴便成了宋远陶冶情操的一部分。谁都没想到这个娇生惯养的公子哥会在某一天跑去琴行练琴，还带起了学生。

路上的帆：当当当。

路上的帆：跨年夜有活动吗？今天我专门请假不出去兼职，我们打游戏吧？

“谁的消息？”

看到来之不易的二人世界被打搅，宋远不高兴了。

“杨帆，喊我打游戏。”

“你没空。”

“哦。”

我默默地拒绝杨帆，并且说明了理由，得到了杨帆重色轻友的回复。

我冤枉，其实我想一起愉快地线上游戏，不想在大冷天专门跑出去，如果不是因为宋远，我大概还在床上窝着，室友都因为外面太冷改成寝室聚餐。

因为是跨年，外面的人还不少，两个人在外面晃悠到了深夜，摸着六七分饿的肚子，最终选择到街边小吃摊吃烤串，大概花了一百三十多块钱。

“宋远，你这段时间除了上课就在教别人弹琴吗？”

“嗯，没找你的时候就在忙着教学生了，今天本来也有课的，我专门换到了后天晚上，会上门去教。”

“哦……”我猜到宋远业余的时间基本就是在陪自己，但这是第一次听宋远亲口这么说。

“学钢琴的应该不只小孩子吧？会不会遇到漂亮的小姐姐？”

虽然是打趣的话，可是我莫名有点儿紧张。

他微愣，实话实说道：“会有高二的学生，也会有大学想陶冶情操的学生，也有故意点我的。”

他看了我一眼，忽然开始放慢语气。

“一个人的精力是有限的。”

所以还是会有一两个小姐姐？

“我不会因为有人想让我教钢琴就去。”

所以真的有小姐姐？

“所以……”

“所以什么？”

“所以我以自己的钢琴弹得一般为由拒绝了她们，并且告诉琴行的人我只教中小学生练琴。”

“哦……”

原来没有教小姐姐啊。

零点的钟声即将敲响，我们在匆忙间买好了孔明灯，开始倒计时。

“三。”

“二。”

“一。”

看着孔明灯不断地往上飘，心中默念自己的愿望，愿我与天下人心想事成、事事顺遂。

“真好。”

他看着我，笑着说道：“听说在跨年夜的时候听到零点的钟声敲响，待在一起的人就能够共度余生，幸福美满。”

我看着一旁的两个汉子，还有对面的老爷爷和他的孙女，再看看其余形形色色的人，并没有将自己心中的话说出来。

就当作是一个美好的祝愿吧。

04

元旦快乐、新年快乐的祝福在朋友圈刷屏，而我也在微博贴出了“新年 & 元旦”的图，一时间掀起了一定的热度，涨了一波粉丝。

微博的提示不断地出现，有许许多多第一次见面的小仙女开始不断地留言，被人称赞的感觉可真好。

就在这个时候，宋远来电话了。

他告诉我凌姨来看她的小宝贝了，而她的小宝贝就是我。

“又要出门了。”

“该不会是去见自己的心上人吧？”

郝萌一说完，寝室里的起哄声不断。我赶紧说是去见宋远的妈妈，她们就觉得我见家长了。

我该说什么呢，如果真的要说见家长，我两岁的时候就见过了。

拿起座位上不知道几天前穿的卫衣套在身上，再穿了一件外套，我就直接出门了，等感受到寒风的时候我才知道宋远的重要，至少他之前推荐给我的穿搭是适合天气温度的，而我的眼里只有“随便”两个字，小仙女是不注重这些凡尘俗世的。

我还没有下台阶，就看到宋远匆匆赶来。他见到我后就赶紧打伞，用埋怨的语气说：“怎么出门不带伞？都下雪了。”

我看着天空飘落的雪花，把手伸出去未必能够一次落三片，嗯……确实下雪了。

匆忙赶到校门口，看到凌姨的时候，我没忍住就直接扑过去了。

“凌姨！”

“我们家洛落真的是越来越好看了，也不知道会便宜哪家的臭小子，不如你给我当闺女吧！”

“妈！”宋远知道凌姨的性子，但是没想到她竟然这么皮。

爱凑热闹的我赶紧说：“好呀好呀。”

然后，我被宋远扯开了，只见他面无表情地看着自己的妈妈，认真地解释：“这是你未来的儿媳妇。”

凌姨：“那也没见你追到洛落，你看你妈妈多厉害，一句话洛落就成了我女儿了，你想让洛落喊我妈妈怎么就那么难呢？”

宋远：“那也是你未来的儿媳妇。”

看着两个人互不退让，我赶紧拉着宋远进入后座，开始数落他：“凌姨好不容易回来一次，你怎么又顶嘴？”

“知道了，不过你是她未来的儿媳妇。”

“……”

得嘞。

没救了。

三人去了一趟超市，买了火锅底料、小白菜、生菜、鱼丸、虾丸、虾滑、牛肉、羊肉、土豆、蟹棒……

看着一旁的泡面，我忍不住拿了三袋，然后被宋远无情地放回去了。

“回去给你下面条吃。”

啊，我美味的泡面啊，前世在佛前还不够虔诚，不然也不会小小年纪就和你告别了。

看着宋远，我赶紧挽着凌姨的手，将他甩到后头。

为了惩罚宋远，我和凌姨开始逛商场，初步算下来至少四个小时，最终只买了一件大衣、一件风衣、两条裤子。

还算是满意，毕竟我们在超市大概买了两车的东西，为了在凌姨面前表现，我选择提属于我的那两条裤子。

回到宋远的出租屋里，三个人开始聊起这个学期的点滴。

凌姨在离开的时候表示今年过年可能会回来几天，但是具体时间不知道，就想着让宋远在我家过年。

某个藏着自己小心机的家伙自然是答应的，等凌姨走了之后，我后知后觉地闻到了一股阴谋的味道，该不会是这个家伙特意安排的戏码吧？

“在想什么呢？该不会想今天就待在我这儿吧？”

小短腿附和地“喵”了一声。

我摸了摸小短腿，嘀咕道：“好的不学学坏的。”

“走了。”

最终还是宋远把我送回去的，我们在路上还相约寒假一块儿回去，为了防止我临时变卦，宋远立即订好了车票。

05

原本宋远待在我家过年是凌姨安排的，可母亲听到的却是宋远无家可归，自己亲爱的妈妈远在他乡，没有人管他。母亲心一软，就开始招呼他往家里赶。

才在外头住了一天的宋远心安理得地搬到我家，开始过上了座上宾的生活，凡是宋远在的地方就会有果盘。

其实……如果很思念凌姨的话可以去美国过新年，凭着宋远的小金库，来回的机票根本不是问题，但是他不说，我也不戳穿。

还在画画的我听到他们在客厅的谈话。

“阿远，在学校过得怎么样？听说你还在外面做兼职，会不会很累？”

怎么不关心我很累呢？

“也还好，这算是一种锻炼，平时弹弹琴也不错。”

“学校伙食怎么样？听说你搬出去了。”

“学校伙食肯定是一般的，众口难调，你看洛落都饿瘦了，如果不是我的话没准她只有八十斤了，室友也喜欢晚上打游戏，会打扰她睡觉的。”

一本正经地胡说八道，对于一个经常熬夜的人来说热闹只是一个背景音，算不上什么。至于……饿瘦了？我都胖了三斤了，能不能瘦下来还是一个问题。

母亲看了一眼我房间的门，满是惆怅。

“这学校的食堂总是比外卖要好。”

“我不吃外卖，通常都是自己做，学校的食堂也吃过，觉得不太好吃，有空的时候就会给洛落送三餐，就是有点儿麻烦。”

暗感不妙的我都想冲出去了，不过很好奇他们会聊到哪儿，就继续听着。

直到母亲带着歉意的口吻说：“挺想她搬出去的，洛落还是一个孩子，平时没吃过苦，这菜不会炒，一个人住也不安全，听说你住的是两室，不如两个人住一块儿，还可以培养一下感情。”

“这……”

“妈！妈妈！”

我赶紧冲出去，坐在母亲的旁边，笑着说道：“妈，宋远肯定不会答应的，再说了男女共处一室说不过去。”

“你和阿远在学校就是同桌了，平时一打开门就看到对方的屋子，怎么就不可以了？”

“阿姨，我倒是没问题，就是洛落……”

他还犹豫了！

“妈，住宿费都给了。”

“没事，我那儿不需要你给钱，你帮我养着小短腿就行，如果你喜欢哈士奇，也可以养一只。”

一想到拆家的蠢萌，我赶紧说：“还是不养哈士奇了。”

“那你答应了？我们再多养几只猫吧，挺热闹的。”

“……”

看着捂嘴笑的两个人，我觉得我真是活在套路的世界里，还能不能让人好好地活了！

小短腿在宋远的示意下爬到我的腿上，开始疯狂卖萌，一旁的蠢萌看到有猫色诱自己的主人开始疯狂地嗷嗷叫，仿佛在说：哈士奇怎么了！我们哈士奇怎么了！呜呜呜！怎么了！

“乖。”宋远一声令下它就立马安静了。这就是一个小㞞货，只知道欺负我们这种老实人，如果平时只有我一个人在家的时候，它光凭着自己的吼叫声就可以和我吵一架。

06

宋远说他想约会，我说不，但最终还是被母亲赶出来了。

喝酒、唱歌、蹦迪？逛街、烧烤、串串？

有时候还是不要做梦的好，他带着我故地重游，一起去了书店，就是那个拍照的地方。

“洛落，喜欢这儿吗？”

不喜欢，如果不是为了跟着你，我会来这儿吗？

我委屈，但是我只能在心底说，不能让宋远知道这件事。

他掏出自己的钱包，里面有一张侧颜照，书架的背景还做了虚化，见我要抢，他快速地将照片放回钱包里，一副私人贵重物品禁止触碰的样子。

“其实我一开始觉得钱包放喜欢的人的照片很俗，直到我遇到了你，我发现其实挺好的，打开钱包的第一瞬间看到的人是你，还可以很骄傲地告诉别人，我想把这个人娶回家。”

当一个人温声细语地说一件自己认同的事情，他的眼里满是幸福，嘴角带着一丝丝的笑意，真的有一种说不透的情绪。

盯着他的眼睛，听着他的声音，我似乎也被他的情绪感染了。

“你从哪儿来的我的照片啊？”

“之前在这里拍的作品。”

“……”

“所以就成了我的手机壁纸，不过可惜了，你的目光所及之处并无我的身影，而我的眼里都是你的模样，洛落。”

“啊？”

“你不觉得你应该和我保持统一吗？”

我赶紧拿起一旁的《百年孤独》遮掩自己的脸，嘀咕道：“也不知道是谁把土味儿情话挂在嘴边，总是学些花里胡哨的东西，你现在只是追求者，干吗把我放在你的钱包里？”

我盯着那个钱包，宋远口中的作品就是他在书店给我拍的那张照片。

说实话，在这张照片出现之前，我一直以为他拍的是书架上的书。

这个狡诈的狐狸装作若无其事的样子，淡然地说：“哦？是吗？我将我的作品放入钱包，这不违法吧？”

“……”欺负我法盲吗？我难道就没有肖像权吗？

宋远坐在我的旁边笑着说：“《百年孤独》有了，你难道不觉得缺了一本《美国摄影用光教程》？”

这个问题……我的大脑快速转动，突然间想起他偷拍我的那一天他看的书就是《百年孤独》和《美国摄影用光教程》，这真是一个极度巧合的故事。

我赶紧从旁边随意拿起一本少儿读物，津津有味地读了起来，以掩饰这种巧合带给我的莫名其妙的紧张感。

他有条不紊地将《美国摄影用光教程》找出来，将我手里的少儿读物拿走，把《美国摄影用光教程》塞给我。

“我不想看这个。”

“书店里不能说话。”

“你还是个小学生吗？”

“我是个有素质的大学生。”

“那你是说我没素质咯？”

“没有，你也是有素质的大学生。”

“可是我想看……”

“书店里不能大声说话。”

“……”

秉承着我要是和宋远在书店说话就是头猪的想法，我忍了两个小时都没有反驳他，就是为了证明我不是头猪，可事后想起来觉得自己真的有点儿蠢，不搭理他就好了，干吗要说自己是头猪。

明明是个小仙女，哪怕是头猪也是小仙猪，才不要搭理无理取闹的宋远。

07

“这是什么？”

回到家中，我在无意间闯入宋远的房间，看到某个人将我的班服和自己的班服整整齐齐地叠放在床头柜上，如果不是我看到了，我还以为这件班服给人丢掉了。

还记得当初我想拿着我漂漂亮亮的班服让班里玩得好的同学留言签名的时候，我的班服却离奇失踪，问了母亲她说没看见，问了宋远同学他一副很无辜的样子，还说什么反正不在他那儿。

吼，现在抓着把柄了吧？

“这是什么？”我指着衣服拷问宋远。

“这个？班服。”他嘴角带着笑意。

“我当初不是问你我的班服在哪儿吗，你怎么说不在你这里？”

“不好意思，我不知道它怎么就跑过来了。”

…………

脸不红心不跳，撒谎精！

“行吧，那我拿回去了。”

“好了，洛落，其实是阿姨把这件班服卖给我了。一百块，钱拿去给你买小零食了，还记得有一天阿姨突然间给你买了鸭脖、鸡翅、鸭掌吗？”

好像确实有这件事，可是那些东西值一百吗？

如果我记得没错的话宋远和我母亲当时也吃了不少，母亲还以我容易拉肚子为由让我少吃一点儿。

我冲出去准备找母亲理论，原本还担心母亲会因为心虚否认这件事，但是她大方地承认了，并且还说她也没贪污，用那钱给我买好吃的了。

“你确定是给我买好吃的吗？”

“怎么啦，你李叔家的小儿子四岁的时候就知道好东西要分享，你怎么还不如一个小孩子？再说了，你那个时候容易肚子疼，我这是为你好。”

这还真是我的亲妈啊！

宋远把我拉到一边，一本正经地胡说八道：“洛落，当初的你年少无知，想在自己唯一的班服上面写写画画，如果不是我阻止这件事，你的班服可能就报废了。”

还说这件事他不知道！原来是蓄谋已久的！

“校服有好几套，你随便拿一套写写画画能够留作纪念，但是班服就不一样了。”

“怎么就不一样了？”

“那可是我们第一套情侣衫，肯定不一样，需要珍藏，等到我们七老八十的时候，看到这两件班服，多美好。”

什么情侣衫？见过哪个小仙女随随便便和人有情侣衫的？

“别胡说了，一样的衣服就能叫情侣衫了？那全校学生……”

“校服人人都穿，可班服……”

“班里每个人都有！”有了反驳的机会我是不会轻易放过的。

“并不是，这班服是定制的手绘班服，和你的班服一个系列的只有我的，因为你只画了这两件。”

果真，宋远就是一只黑心的狐狸，当时我只顾着美滋滋地收介绍费了，完全没注意这回事。他为了这独一无二的同款，还真是煞费苦心。

这个男人太让人头秃了。

看着床边上的情侣衫，我忽然嘴角上扬，转身离去。

是不是情侣衫还说不定呢！还不知道小仙女会和哪个小仙子在一起呢。

宋远倚靠着门栏，看着我的眼神逐渐变得温柔，就好似在回忆过往的点点滴滴一般，而吃着苹果、橘子、梨子的我浑然不觉……

08

回家之后，下了第一场雪。

每一次看到下雪，我都忍不住欢呼雀跃，甚至冲出去。这一次也不例外，我打着透明的晴雨伞，每一步都显得那么小心翼翼，而我身后的宋远则是面无表情地看着打滑的地面。

“踩雪那么好玩吗？”

“当然好玩啊！”

顾不上他，我心急地继续向前，生怕在我尽兴之前路上的积雪被人扫除了。

踩雪，是一种说不上的感觉，总觉得听着雪声会让人格外舒服，甚至还想静静地看着漫天飞雪，看着它落在手上，感受我手上的温度，然后融化。

这是我与雪近距离的接触，就好像佩奇和乔治喜欢踩泥水一样，我就想将自己的脚埋在雪里。

“还有二十分钟就到九点了，你还需要回家换好干净的衣服、鞋子、帽子，十点钟出发去机场，大概两个小时的路程，这是最快的速度，今天的雪比较大，我们要赶在一点钟之前去接我爸妈，再踩下去时间不够了，该回家了。”

踩雪让人开心，可身边多了一个絮絮叨叨的护卫宋远。

宋远并不喜欢下雪，不过再不喜欢也跟我踩了二十分钟的雪，将小区逛了一大半。

“回家啊？”我默默地凑近宋远，猛地将自己手上的雪抹在他的脸上。

然后，宋远这个处变不惊的少年脸红了。

得逞！逗逗他还挺好玩的嘛！

“赶紧回去。”宋远很自然地牵起我的手，直接回家，还很热心地给我选好了衣服。我甚至怀疑最熟悉我衣柜的人不是我而是宋远，毕竟我的眼里只有舒服，而他考虑的不仅是合适还有美观。

出门的时候，蠢萌也想跟过来，在门口啊呜啊呜地叫，让人听着都觉得它无比向往外面的世界，不带它出去就是虐待宠物。思来想去，母亲只能决定带上蠢萌，到车库把凌姨家暂时放在我们家的车开过去，因为凌姨的车空间比较大。

一开始，蠢萌看到满地的雪，就像是见到自己久违的亲人一般，嚷着不上车，我强行把它塞进车里，等车开出小区，冷风透过半开的窗子袭来，它就安分了，开始感受着冷风，看着雪景啊呜，表情甚是忧郁。过了大概三分钟，我看它没有怕冷的倾向，担心它生病的我摇了摇头，伸手按头、关窗，掏出罐头开始哄它。

每一只狗子都是有脾气的，面对有脾气的狗子就用罐头诱惑，一份不够就再来一份。

到了机场，蠢萌就开始放飞自我，如果不是有母亲在，它可能已经满场乱飞了。

哪怕有母亲的威力在，它还是忍不住东张西望，最后还是因为看到了一只吉娃娃才吓得躲到我们的身后。

“待会儿看到凌姨和宋叔叔的时候要喊人啊，你现在可不是小孩子了，该有的礼貌一定要有的，今年凌姨、宋叔叔和我们一块过年，你得乖乖的。”

“好嘛，我知道了，你就放心吧。”

母亲嘱咐完我之后，又把矛头对向了蠢萌。

“上一次你把椅子咬烂的事情我还没找你算账，这一次如果不乖的话你以后就没有好吃的了，如果吓到客人了……那我们就吃狗肉火锅。”

曾经的蠢萌因为太嚣张，我们专门买了一个哈士奇同款蛋糕，当着蠢萌的面将蛋糕哈士奇的脑袋切开。蠢萌的眼睛瞪得像铜铃那么大，开始哽咽，躲在角落里看着我们把哈士奇蛋糕吃完。

那一次蠢萌待在房间里郁闷了大概两个小时，最后还是我连哄带骗把它带出去撒撒欢“散散心”，自打那之后蠢萌再也没有碰过沙发、茶几、电视柜了。

最怕母亲恐吓的蠢萌赶紧躲到宋远的身后开始呜咽，但是因为看到吉娃娃又吓回去听教了。

母亲叹息：“唉……蠢萌三岁了吧？按照比例来算跟洛落差不多大了，这都多大的年纪了还这么不长进……”

“？？？”

我是不是有被映射到？

大概等了十五分钟，我们接到了凌姨和宋叔叔。

看到凌姨的时候，我还是很高兴的，就连蠢萌也开心地叫了起来。

09

今天是一个特殊的日子，十九年前的今天有一个可爱的小仙女降生了，她叫洛落。

我穿上自己心仪已久的百褶裙，叫上从日本赶来的杨帆，打算快快乐乐地喝个下午茶，过一个属于小仙女的聚会。

“洛落，生日快乐，愿你做一个永远十八的小仙女。”

许久未见甚是想念，其实在机场接杨帆的时候我就忍不住哭出了声，真照应了那一句“朋友比情人更死心塌地”。小时候她会为了我抡起自己的拳头，长大后我会在机场抹干净之前流的泪水，开心地对她说一声：“欢迎回家。”

杨帆回来了，宋远吃醋了。按照宋远的话来说，一天二十四小时我和杨帆恨不得将每一分每一秒都花在对方的身上，从而忽视了帅气的他。

啧，我是那种见友忘色之人吗？

事实上，在我和杨帆讨论过去的点点滴滴时，宋远被提起的概率还挺高的。

“你还记得那个时候我为了一根香肠，专门跑到艺术班找你吗？”

“记得记得，那个时候你出卖了我，搞得大神也‘赏’了我一张试卷，我花了三天才写完。”

…………

“高中录取结果出来的时候，我乐了三天，我们俩又在一个学校真的太幸运了。”

“是啊，我还跟你一起在市中心吃了个遍。”

“嘿嘿，市中心的那家串串是真的好吃，宋远那个不懂欣赏的，竟然嫌弃人家是垃圾食品。”

…………

“咚咚咚！”

就在我和杨帆畅聊的时候，门被宋远无情地推开了。

“洛落，该去选蛋糕了。”

“你帮我去选吧，我就不去了。”说完，我就继续和杨帆聊天，总觉得我们之间有着聊不完的话题。

我以为宋远会乖巧地去选蛋糕，然而并没有，他直接扯着我的手把我拖到床边，开始为我穿鞋。

“帮你选可以，你得跟我一起去。”他看着我说，“今天这一身挺好看的，适合出门。”

这一身其实是我自己随意搭配的，因为宋远并不愿意帮我搭衣服，他觉得我今天去见他的“情敌”杨帆还是难看点为好。

好在本姑娘天生丽质难自弃，怎么捯饬都好看。

“我也去，我也去。”杨帆凑上来，拉着我的手，不想错过挑选蛋糕这一关键时刻。

“好的好的。”我毫不犹豫地答应了，可一旁的宋远一副不开心的样子。

宋远和杨帆四目相对，恨不得将我当场分成两个洛落，这样也不会干吃醋了。

选蛋糕的时候，他们俩以我的口味到底如何险些大吵起来，原本我在场可以按照自己的心情选一个蛋糕，但是他俩为了证明自己才是最了解我的人，一定要亲自为我选一个最棒的生日蛋糕，这一争就是十分钟。

在这分秒必争的年代，十分钟够我在课间睡一觉了，他们居然放在选蛋糕上。

看着最后拿到手的抹茶口味的草莓蛋糕，我深吸了一口气，其实我比较喜欢杧果口味的，如果可以的话我希望没有别的水果凑数，只有杧果称霸整个蛋糕。

大概在三个小时之后，我们拿着蛋糕回家，并且还买了不少的小零食和水果，母亲也和凌姨去了一趟超市买了肉和蔬菜。蛋糕只是个陪衬，大家聚在一块才是最欢喜的。

点蜡烛、许愿，一气呵成。

每个人都为我送上了生日的祝福，我全部开心地收下了，大家的一片心意，我当然要好好珍惜。

宋远拿出一个精致的礼盒在我的眼前晃动。

“是什么？”该不会是钢笔？

他当着所有人的面将礼盒打开，里面是一条专门定制的项链，上边还刻了个字母 L。

我看到属于我的项链忍不住惊呼起来，直接跳起来拥抱杨帆。

宋远轻咳一声，带着一丝醋意说道：“洛落，这是我送的。”

“嗯嗯！谢谢你！我很喜欢！”此时，我真的很开心。

宋远当着在场的所有人很深情地说道：“洛落，你是我见过的最可爱的女生，我记得之前我们聊过的话题，我知道你更喜欢实际的‘我养你’，我将这句话放在心里了。”

“不用不用。”我豪爽地摆摆手，“我可以靠画画养活自己的，这几年下来其实我攒的钱也挺多的。”

一开始的时候，接稿确实会有些困难，可我从高一开始经营自己的小事业直到现在，在圈内也已经算是一个小有名气的画手，能接到的单子越来越多，包含的范围也有一百到三百不等的头像，专业定制的插画，以及算作粉丝福利的四十一张的简笔画。

刚开学的时候，我十分中意一套小裙子，开了一次粉丝福利，补齐了我的金库漏洞。也因为这次粉丝福利活动，我认识了一个小仙女，她想要有一套属于自己的洛丽塔洋装，于是找了我帮忙画图。

现在设计图的大概已经出来了，只要能够达到她的要求就能够自己和校内学姐合作将裙子做出来，拿到不菲的酬劳。

美滋滋。

看了眼不远处还没画好的设计图，宋远很不爽地说道：“它不会给你定制项链也不会做饭。”

“它能挣钱就好啦。”

“我也能挣钱。”

“可我这次的大单子赚得似乎比你多哟。”

就在我们活在相互打趣的世界里的时候，杨帆笑嘻嘻地问：“你们俩都发展到讨论谁养谁的地步了？”

宋远和我同时出声：

“我养她。”

“才没有！”

…………

等到东西吃得差不多了，我就把杨帆拉到一边开始探讨裙子的设计，毕竟小仙女给了三千的押金，必须要认真对待。

第八章

先恋爱，再余生 /

01

洛丽塔洋装的柄图样式出来了，基本符合小仙女的要求，但还需要做一些调整，学姐打算先确定用料再跟我改设计细节，我就可以将这件事暂时先放在一边。

趁着空闲，我另接了一对情侣的新婚贺图，他们即将结婚，男生帅气女生美丽，恩恩爱爱的样子让我感觉看到了爱情最美好的样子，而且他们人都很好说话，这单合作总体体验很完美。

唯一美中不足的是，情人节的时候我还在收他俩的照片寻求灵感。

“这是虐狗啊！”

突然间心疼那些一直都有单子接的人了，他们吃的狗粮也一定不少。

宋远将切好的苹果用碟子端上来，用牙签插在苹果上，见我还在不停地挠头，他将苹果送到我的嘴边。

“啊——”

我下意识地跟着张开嘴，吃到了一口苹果，好甜。

“休息下吧，大过年的就不要这么费力了。”

宋远说着就要帮我合上电脑，想直接把我拉离工作台。

“不不不，我还没保存！”我一把扶住已经半合住的电脑，赶紧点击了保存键！

我缓缓地吐出一口气，抚着胸口庆幸自己的反应神速，电脑要真直接自动关机了，那我丢的可都是人民币！

“不好意思……”宋远似乎有点儿自责。

“啊，我知道你是想让我休息，而且你也不知道我没保存嘛，没事的。”

“谢谢洛落。”

“别……别这么客气嘛。”

“嗯，你的那个裙子弄完了吗？”

“还没有，对方也不急，我们需要进一步修改。”

这件事还真是急不得，忙设计的这几天我都是夜里两三点睡觉，生怕将单子做不好就给弄丢了。好在小仙女的性子好，得知我这么辛苦后表示不着急，就让我慢慢来。

宋远眉宇紧皱，看着那台电脑。

“把裙子做好之前不要再另接单了，这几天你都把家里的咖啡喝完了。”

“知道了。”

“好，我们出去走走吧，你在家闷了好几天了。”

“好啊。”

确实要出去透透气了，我感觉自己的头顶都要长蘑菇了。

“喝吗？”

路过一家奶茶店的时候，宋远如是问我。

奶茶店正在做第二杯半价的活动，我蠢蠢欲动，想感受一下别人羡慕的目光，毕竟曾经的我虽然能够正价买得起第二杯，可还是第一次和男生一块享受第二杯半价。

又环顾了下四周，我发现附近的店子好像组团在做第二份半价的活动。

哦，想起来了，今天是情人节，难怪。

“你说我们俩就这样一块儿进去吃东西，会不会也第二份免单？”

盯着一家装潢精致的咖啡厅，我觉得我有点儿得寸进尺。

“这个吗？”他顺着我的目光看到转角的咖啡厅，把我拉过去，低声说，“你先在这儿等我一下。”

哇哦，有求必应的宋远该不会去问非情侣的一男一女今天能不能也第二份免单的事情吧？

如果真这么做的话，我觉得我能幸福感满满。

一分钟过后，激动万分。

五分钟过后，兴趣减半。

十五分钟过后……宋远！你该不会不要我了吧？

钢琴声响起，成功地转移了我的注意力。我一回头，就看到宋远身穿西服向我缓缓走来，手捧鲜花，面带笑意，像极了童话里没有白马的王子。

“洛落，往后余生我与你共富贵可好？”

“难道不应该是共患难吗？”有时候我真的很佩服自己的脑回路，经常不按常理出牌的我会让宋远措手不及，可这次他却没有被我“难”住。

“因为很多人都能够共患难，却很难同富贵，我觉得共富贵是最好的承诺，能够抵挡住外界的诱惑，看着心爱的女子，走过无数个春秋，直到变成一抹黄土。

“洛落，往后余生，你便是我最重要的人，你愿意与我携手此生吗？”

在场的所有人眼里都带着一丝祝福，好像和宋远一样期待着我的回复。

我呆愣住了，大约过了五秒才说道：“先恋爱……”

先恋爱，再余生。

宋远将我拉入怀中，在他看来只要有了开始，往后余生便不再是问题，再多的矛盾他都会一一化解。

可对我而言，很多的事情并没有想象中那么顺利，就好像洛丽塔洋装我已经四改了，现在的这位雇主是一个眼光独到、有自己想法的甲方，含糊不得，就连学姐都说这一次如果能够把这套洋装做出来当毕业设计去展示都不为过，毕竟很是复杂。

之后，我才知道宋远在“攻略”我这件事上准备得很详尽，先是刷足存在感，然后生日的时候给一个惊喜，在所有人的面前表明自己的态度，至于为什么选这个咖啡厅告白，他觉得这里会是一个我喜欢的地方，毕竟不是每个人都能够两三包咖啡泡在一块儿当白水喝的。

02

初六，母亲他们出去上班了，留下我、宋远和蠢萌待在家里。

已经打算好要吃泡面的我被宋远强制性拉去超市买菜，而蠢萌只能委屈巴巴地嚼着狗粮，在发现我们要出去后第一时间试图阻止我们打开房门。

“你不觉得它不乖吗？”

“啊？”

宋远的问题让我很蒙，其实蠢萌在母亲越来越强有力的威慑之下已经变成一只很乖的哈士奇了。

“要不买一只猫用来恐吓它？”

“……”这能管用吗？

就在我俩讨论蠢萌的时候，它突然叼了一瓶还没喝完的饮料过来，试图讨好宋远。

这饮料……蠢萌刚刚去宋远的房间里了？可以啊！这厮的房间我都不敢去，它居然就跑过去了，不知道惹急了宋远没有好日子过吗？狡诈的小狐狸可不是谁都能够招惹的。

蠢萌讨好宋远的行为被无视了。

“每一次回到家里它就想非礼你。”

“……”

此言真的过于严重了。

“这个二哈留不得！”

这就留不得了？高三的时候不相处得挺好的吗？当初我勒住蠢萌的脖子，还是宋远提醒要我轻点的，现在就变心了哦？

“还是要留的……”

“留也行，留家里，我们出去。”

于是，我和宋远有了独处的机会。他拉着我在超市逛了两个小时，恨不得将每一个角落都看个清楚。当然，只有宋远是这么想的，而我的心里只想着今晚能不能和泡面再续前缘。

“叮”的一声手机响起，拜托我做设计的女生发了三张洛丽塔洋装的图片，让我做参考进行五改。

“手机没收，回家吧。免得你又路上看手机，不安全。”

还没来得及回消息的我眼睁睁看着我的手机进入了宋远的口袋，自觉因为上次走路看手机害到宋远而理亏，乖乖没有出声，心里想着待会儿该怎么跟人家解释。就说父母不在家没人做饭，惨兮兮的我出去买食材了没顾上看手机？嗯，这个理由靠谱。

好不容易回到家中，一打开门就听到蠢萌的欢呼声，它快速地将早就被它咬烂的笼子打开朝我奔来，然而就在快冲向我的时候被宋远挡住了，还被瞪了一眼。

委屈又不敢吱声的蠢萌跑到自己的小笼子里自闭去了。

我试图护崽："它还是一个孩子。"

宋远头头是道："折合人类的年龄来算，它比我们都大，为老不尊。"

如果蠢萌会说话一定会反驳：我才没有为老不尊，我还是个宝宝。

不是每只狗子都能做到看家护院的，智商基本为负的蠢萌就更不可能。

作为一只哈士奇，蠢萌的智力只有在雪地里，才能得到完美发挥。

"洛落，帮我系围裙。"

"哦，来了。"

还没到宋远的身后，我就被他拉到怀里，只见宋远拿出手机，低头亲吻我的额头，"咔嚓"一声，合照出现了，他的动作就仿佛在脑海里演示了千万遍一样，没有丝毫的差错。

"以后我就每天给你做饭，好吗？"

"好啊！"

免费的厨子干吗不要！是设计图不够多还是甲方不够折腾人呢？

"洛落，你知道吗？你是我生命里不可或缺的一部分，每天睁开眼想到的都是你，闭上眼梦中的人也是你。"

从两人确立关系到现在，我脸红的次数都快赶上了呼吸的频率，总感觉每走一步脑海里闪现的都是宋远的身影。

妈耶，我大概真的是陷入恋爱的少女！

听说恋爱中的少女智商为零，以后甲方会不会不爱我了？

还没有来得及考虑清楚要不要责怪宋远这个罪魁祸首，我一看到他那双清亮的眸子，所有其他的情绪就都消失不见了。

03

当一个小仙女开始谈恋爱的时候总会在想对方为什么会喜欢自己，特别是第一次谈恋爱的我。

我开始谋划一件事：怎么样才能够让宋远说实话。

虽然他之前说了不少喜欢我的话，但那些情话都太“标准”了，被夸得像仙女一样的我，还是想了解他最真实的想法。

不如喝点儿小酒吧？大家都是成年人了，喝点酒也是可以的，不过家里的酒都是我爸的，度数太高了不合适，但让我掏钱去买些低度的酒，算了算了，亏本买卖还是不要做了。

那玩真心话大冒险？宋远会是这么无聊的人吗？

假装改稿的我偷瞄宋远，趁着他还没有发现的时候赶紧回头，嗯，什么都没有发生。

要不试试网上说的盯着对方的眼睛，窥探一下内心？可我在宋远面前，撑不到五秒就会害羞脸红吧……

这些法子都不合适，我被难住了。

最终，我开始嚷嚷：“宋远，宋远，宋远，我要吃水果。”

“好。”合上电脑，宋远去厨房洗苹果。

真是一个乖巧的好青年，实力宠女友。

大概过了十分钟，切好的苹果、橙子摆盘，还有一半柠檬和准备好的柠檬蜂蜜水，被宋远端了出来。

“我在苹果上洒了柠檬汁，不容易变色，酸酸甜甜的，至于柠檬……”

他忍不住皱眉，疑惑地问我：“柠檬这么好吃吗？”

“减肥、美白养颜。”拿起一片柠檬的我当着他的面开始食用。

见他有些好奇，我赶紧拿一片柠檬塞到他的嘴里。某个人秉承着虽然柠檬太酸但当着小仙女的面吐出来太失礼的想法真的就吃掉了。

我盯着宋远出神，啧，表情可比我第一次吃柠檬好看太多了。

“怎么，有什么想问我的吗？”

完了！我居然暴露了。

强行镇定的我嘿嘿了两声，连说没有。

见宋远开始上下打量我，把我的心虚看透，我赶紧把他拉到沙发上，低声说：“你说……”

“嗯？”

我心一横，大声说道：“宋远，你为什么就看上我了呢？”

其实我总觉得发生的一切很不真实，他怎么就喜欢上我了呢！明明看着我的数学试卷只有千百种叹息声，一直都不能明白为什么会有人把能够做到150分的试卷做成只有六七十分。

“那你觉得我重要还是设计图重要？”

“别岔开话题，快说嘛。”

这个时候除了撒娇耍赖没有别的选择，此时此刻的我追求的不是过程而是结果。

他想了想说道：“大概是因为觉得没有你的日子就空落落的吧。”

没有我在的日子？

那是什么时候呢？

我是不是没开窍？

04

前前后后经过一个月的奋斗，我的洛丽塔裙子也设计得差不多了，接下来就到了学姐选材的时候，并不需要我出力，我就想着应该找些好玩的东西，娱乐娱乐生活。

比如小情侣之间必做的一百件事。

一开始的时候，我想得十分美好，但现实往往是残酷的，之前的老主顾通过 QQ 下单了，面对两百块的诱惑，我屈服了。

爱情诚可贵，人民币价更高。

一旁生闷气的宋远悄悄地回到房间里，唰唰唰地写下一句话，然后将东西装到信封里，再给我。

我满头问号地拆开——你忘记了。

“啊？忘记了什么？”我觉得我的记忆力一向是极好的，特别是在约稿这方面，因为设计服装的机会和画同人图的机会略多，现在都没怎么画头像了。

“小情侣之间必做的一百件事，这可是你说的。”他呆呆地看着我，顿了顿接着说，“牵手轧马路，马路倒是轧了不少，你什么时候给我牵手？”

“……”我理亏。

“还有一起穿情侣装。”他的脸一黑，继续说，“我们就只有一件同款，而且如果不是我悄悄地把它转移阵地，还不知道那上面有多少别的男人的字迹。”

厉害了我的大神。

难道偷偷地和母亲做交易就是因为吃闷醋？青葱少年怀揣着懵懂的心做着狡诈的事，这一句话总结得可真好。

“说走就走的旅行，这个五一小长假可以尝试一下。”

“至于你给我做饭，还是算了吧。”他又加了一句，觉得情侣必做一百件事的设计并不是完全合理。

突然间觉得较真的人还挺可爱的，他会把你的话记在心上，会想要和你认真地去完成一百件事，不怕麻烦。

可是……我的设计图还没做完。

见我一副不想出门的样子，宋远直接做主：“不如今天去商场吧，多买几身情侣装。”

环顾四周，见母亲和父亲还没回家，就怀疑他俩是专门腾出时间给我俩培养感情的，毕竟已经很久没有看到他们中午回家吃饭了。

大过年的应该没有那么忙吧？

“洛落。”

“等我把东西保存，就出门。”

喜上眉梢，少年终得偿所愿。

到了商场四处闲逛，我时不时叹息一声：“这个裙子真好看，如果再简化一点儿就更好，我觉得鹅黄色不错，如果再……”

为了将来能够变成更好的设计师，我恨不得将每一条裙子的设计特点都记下来，免得以后忘记了，还有一些做得不好的地方，也会放在心里，这也算是取其精华去其糟粕。

“洛落……”

看着一脸沮丧的宋远，我还以为他要吃闷醋的时候，他却很大度地说：“我知道你想在服装设计这一方面有所成就，经常忽略我、拒绝我的邀约，有时候连我给你准备的早餐都是室友拿的，但我还是会支持你的梦想，站在你的身后，成为只属于你一个人的参天大树。”

早餐……其实是我起不来。

看着一脸认真的宋远，我忍不住笑了起来。

“好啦，今天一定好好地陪你。”

为了表示自己的诚意，我专门和宋远去吃了一顿西餐，买了两套衣服，回到家里更是给他煮了一份泡面，完成了情侣之间必做一百件小事里的互相为对方做一次“早餐”。

嗯，我耍赖。

其实有时候会觉得，双方的感情得以维系并不是利益不曾冲突，而是有一方愿意付出，另一方也懂得去回应吧。

之后，我专门把一百件小事用文档保存，打印下来，日后可以慢慢做，完成宋远的小心愿，也完成自己的小心愿。

05

开学，就意味着每天过上了三点一线的生活。

和宋远出去？这本来就是生活里的一部分，不需要专门挑出来说的，就好像呼吸一样，总不能说自己每天除了吃饭睡觉上课还有呼吸吧？

今天的我在等待宋远的惊喜午餐，这是他不知道第多少次和我说有惊喜出现了，上一次的惊喜是摇晃的红酒杯和他亲手做的牛排、意面。

我静静地等待，肚子咕噜噜地叫，它丝毫不知道什么是矜持，我行我素地释放饥饿的信息，等待投食。

就在我试图让肚子安静下来的时候，宋远捧着一束草莓花、煲好的汤、一大杯烤串向我缓缓走来，吸引了十来号人的目光。

我紧紧地盯着肉串，脑海里浮现出它恰到好处的肉感，香咸可口的味道……

我按住自己要伸出去将烤串抢过来的手，唉，果然还是吃对我最有吸引力。

“想吃吗？”

“想。”

“那我们找一个地方去吃，好不好？”

“好。”

就这样快馋死的我被宋远拐走了。

我一边拿着来之不易的烤串，一边跟在他的身后，也不知走了多久才走到宋远的出租屋。看着温馨的小屋，我坐到沙发上，小短腿也跟了过来，“喵”了一声，似乎是在欢迎我。

其实我很羡慕宋远现在的生活，充足、快乐、自由，有自己的人生规划，有猫。

他把我的烤串放在一边，把我领到冰箱那儿，打开冰箱，里面放的东西我竟然都喜欢，无论是水果还是蔬菜，抑或是肉，都是我心中所爱，扫视一番没有看到任何我不喜欢的东西。

“喜欢吗？”

“喜欢。”

“喜欢就随时来住，我养你。”

“好。”

嘴巴比脑子快的我说完瞬间石化了，他刚才是在邀请我还是在用美食麻痹我？

我刚才是答应了？

本来想拒绝宋远的我突然间想起他是我的对象，而我们还在履行情侣必做的一百件小事。

我很委婉地说：“其实吧，我还是个宝宝。”

“你不是小仙女吗？我又不会对你做什么，旁边有屋子给你住，都布置好了。”

我深吸了一口气，小心翼翼地说：“这件事总是要经过我爸妈的允许。”

他闻言立即打开微信，拨通了我母亲的电话。

一番沟通之后，最后的结果是母亲答应了，而我也在几分钟前答应了宋远的要求。

…………

这也太神速了吧？

“我会好好照顾你的。”

看着他深情的样子，我的脑子里装的却都是：完了完了，住在这里可就得早睡早起了，我想熬夜，想当猫头鹰。

我委屈，我不能说。

“洛落，真的要走了？”

郝萌一时半会儿还不能接受我要搬走的事情，可是五分钟之前我收到了杨帆的消息，她觉得我迈出去了一大步，早晚有一天我整个人都是宋远的。

唉，也不知道杨帆一天到晚都在想些什么。

路上的帆：总之真的恭喜你，以后每天早上一睁开眼就能够看到大神了。

树上的喵：他的房子是三室一厅。

路上的帆：三室？不会吧……

树上的喵：嗯，不住一间房。

我靠在桌子上，点开语音输入，故作严肃地对郝萌和杨帆澄清这个谣言：“我只是搬些东西过去，没有要搬走！”

我觉得那头的杨帆有点儿震惊，因为她直接没有回我了。

“真的吗？”郝萌有些失落，我怀疑她这么难过只是因为我走了之后没有人给她改作业了。

我揉了揉自己的脸，解释道：“就是方便我放假的时候过去借个宿，平时也可以去那儿自习之类的，省得麻烦。”

最后，在室友千般不舍的目送之下，我离开了寝室。

“累吗？”宋远很熟练地将我的行李接过去，“其实这些东西应该是我上去拿的。”

看着后座挤满的行李，我坐在副驾驶吃着准备好的水果开始嘟囔：“这些东西还好，不太累，如果真要算累的话，之前放满了课本的箱子是我自己搬上去的，搬的时候我差点儿就不想要它了。”

宋远一脸认真地说：“如果你愿意可以一脚把它踹下去。”

“……”

我才不会一脚踹下去，如果真的踹下去了可就出名了，说不定还会上个新闻——A大服装设计专业学生洛某因泄愤直接将自己的行李箱踹下寝室楼，场面令人震惊！

“如果你心疼行李箱，下一次可以帮你买一个抗摔的。”

“宋远！”我努力装成凶神恶煞的样子盯着他。

“我知道我很好看，但是不要盯着我，我怕我做出不好的举动。”他很认真地加了一句，“在开车呢。”

我震惊了！

我说了什么？

我就是看了一眼，就一眼，怎么就影响开车了？

有小脾气的我就一直看着车外，直到到了宋远的住处。

因为一直有午睡的习惯，我就想着赶紧到自己的房间里睡觉，可是某个人打着还没收拾好的旗号让我去了他房间里休息。

然后，我真的睡着了……

主要是因为我太困了。

大概过了两个小时，我一睁开眼，发现宋远就坐在我旁边，一眨不眨地盯着我。

“你刚才喊我了，在做梦的时候，我猜你一定是在想我。”

我说梦话了？我怎么不知道我有说梦话的习惯？

看着眼前的这个人，我快速地将被子蒙着头，开始在心里数落自己，怎么就说梦话了呢。

直到我听到宋远的轻笑声，我才发现这件事没有我想的那么简单，这家伙该不会骗我吧？

我才不会想他呢，哼。

“好了，不要蒙着头了，憋坏了可就不好了。”

我从被子里把脑袋露出来，滚到床的另外一边，抱起试图爬上床的小短腿，但……宋远很无情地把小短腿又给抱了下去。

他说：“不能让它养成上床的习惯，沙发也不行，惯坏了可就不好了。”

想着家中的蠢萌喜欢待在卧室就不走的情景，我表示能够理解，我可不想大清早就被一只猫踩醒。

06

我出名了。

在此之前我从来没想过自己会因为和宋远谈恋爱出名。

因为宋远不仅有玉树临风的身姿、倾倒众生的美貌，还有好到离谱的成绩，大家伙儿都觉得这等绝世的男子会孤独一生，因为配得上他的人并不存在。

但是，宋远不仅从开学开始追我，还坚持不懈地追，以至于有人觉得我这个人显得格外不近人情，他都快成了一个望妻石。

就这样，我们恋爱的消息传遍了校园的每个角落，那些个不认识我的人也在校内论坛认识我了，祝福声和不看好的声音都有，甚至还有因为立场不同吵起来的。

平时没什么动静的校内论坛因为这一话题爆火了一段时间。

大概三个小时。

然后，校内论坛崩了。

也是，对校内论坛的稳定性确实不能抱太大的希望。

A 大校草宋远名草有主，让无数女生失声痛哭，唯一让我感到安慰的是还有人表达了对我们的祝福，希望我们长长久久。

自打这件事传出去之后，我几乎走到校园的每一个角落都会听到以下对话。

“你看那个谁！”

“学服装设计的洛落？和宋远在一起的那个洛落？”

“嗯……好像也没传言的那么好看啊……”

“喊，他们这一次这么高调，秀恩爱分得快啊。”

或者是——

“哎，我们系的洛落哎，长得这么好看的一姑娘怎么就看上一面瘫了呢？”

“多可惜啊！要是我就选自己系的了，以后出去找工作都方便。”

“我觉得环艺的那个帅哥就不错。”

…………

几天之后，我总结出了一个规律，围观群众要是更喜欢谁就会对谁表示惋惜，然后对另一方发表一点不满的言论，不过我也能理解，毕竟萝卜青菜各有所爱嘛，只要不太过分，就当给大家提供八卦谈资了。

不过也是这几天，我听到不少小道消息，据说小半年的工夫从大一到大四足足有五个女生给宋远表过白。一开始她们还觉得名草无主心里还算痛快，毕竟给男神表白的无一例外都失败了，但是人选不如天算，宋远和我这个“冷清冷意的女人”在一起了。

她们得知消息，悲伤欲绝，甚至有人半夜在女生寝室里大喊宋远的名字，后面还加了一句不大文雅的话，大概是对他失望透顶这辈子都不想再看到他了。

也有一堆宋远的“事业粉”表示，与其关注大神的感情史，不如关注大神有没有拿各种奖项、得到教授的青睐，能不能成为当代年轻人的榜样，至于其他的，那都不重要。

还有一群人觉得只要宋远的颜值在、魅力在，保不齐我们这段恋爱能谈多久，说不定没几天就分手了。

看热闹不嫌事儿大。

我才不会让这些人得逞呢，我们俩好着呢。

至于另外一位正主宋远，他对这些外界的纷纷扰扰漠不关心，正在给我精心规划下周的食谱，这么做的原因是我最近吃得没有以前多了。

嗯?

小仙女就不能减肥吗?

看着忙碌的宋远在研究健康食谱,我默默地打开了电脑,搜索:男朋友太爱做菜了怎么办?

搜到的要么是在秀恩爱，要么是在疯狂吐槽。

真无聊，就没有人提一点针对性建议？毕竟不是每个人都喜欢营养餐，我喜欢外边的炸鸡、可乐、薯条、烤串，家里的话，我想吃泡面啊!

外面的人总是觉得我幸福，可幸福的我连一桶老坛酸菜泡面都不能拥有。

嘤嘤嘤。

小仙女想回天界了。

07

这天上完一节公共课，前桌的女生转过来，期待又忐忑地小声问我："宋远真是你男朋友啊？"

又来……

我无奈地看着眼前的女生，正准备点头的时候，就听到旁边宋远的声音："不是男朋友。"

我诧异地偏头看着他，这小子该不会变卦了吧？

我脑海里蹦出无数种狗血的剧情，什么始乱终弃欺骗感情，什么不择手段玩弄人心，什么……

"是心上人，能携手一生的另一半。"宋远的话打断了我的脑补。

听着他就像炫耀一样又认真深情的语气，我唾弃了一把自己刚刚乱七八糟的想法，感觉无地自容。

前桌的妹子发出了惊叹的声音，表情羡慕："神仙爱情啊……"

宋远拉着我的手，眼里满是爱意地看着我，还"嗯"了一声，"嗯"得我莫名其妙。

回出租屋的路上，我向他提出了疑问。他表示和小仙女谈恋爱就是神仙爱情，前桌姑娘说得对，要以示肯定。

不久之前，我确实是十八九岁的小仙女，现在，似乎不再是了。

是三岁的宝宝，被男朋友宠成了宝宝。

坐在客厅里看着眼前的糖醋里脊、油焖大虾、清炒时蔬，我食指大动。这时宋远开口说话了，我赶紧乖巧地坐着，洗耳恭听，表达我对大厨的尊敬。

“我妈昨天打电话过来了。”

“凌姨说什么了？”

宋远看了我一眼，看了看我馋饭的眼神开始为我盛饭：“边吃边说。”

“好！”得到允许，我夹了一块排骨放进自己的碗里。

“她问你什么时候去美国。”

“去美国？”

这件事不应该直接问我吗？难道凌姨还催了什么？比如说你都把我干闺女拐成你媳妇了，什么时候把媳妇领进门啊？

“嗯，也该去了，暑假的时候我们去一趟，到美国几个有名的地方玩一圈，反正他们出资。”

这不太好吧？

可是一想到自己的钱包就把这个想法收了起来。

我不应该飘的，毕竟自己没有钱可以玩遍美利坚。

“她挺喜欢你的，不然也不会把你从小到大的照片都收集起来。”

宋远其实挺无奈的吧？小小年纪就多了这么一个争宠的人。我现在都能够脑补一个画面，每当小宋远回到家中就看到自己的母亲慈爱地看着一个小女孩的照片，笑着说道："我们家洛落小宝贝长得可真好。"

这么想，我好像还挺对不住宋远的。

故事的后来，宋远在初中的时候见过洛落一眼，发现这小姑娘长得眉清目秀，甚是可爱，瞧着就觉得欢喜，不免生出了好奇心，想跟她成为朋友。直到高二那年有了一次机会，就假装在不经意之间表示自己可以借住在洛落家，这样不仅方便拉近两人的关系，还能通过给洛落补课还借住人情。

好吧，上面那段是我加以小小的修饰、美化了自己形象的产物，毕竟人家宋远当初来借住只是对自己夺宠的"敌人"感兴趣。

总之，宋远早就想着和我相见，虽然有些晚，但的确是"蓄谋已久"的。由此得出结论，他就是被我的美貌吸引，远远地瞧上一眼，就有了后来的缘分。

嗯，我又飘了。

08

一直追求浪漫的我，原本想的是接受浪漫主义文化的熏陶，为设计添灵感，没想到屈原《离骚》里生僻字过多，就放弃了。

百无聊赖的我开始刷微博了。

我看到了一则新闻，有一个二十五岁的男子用某大牌手机摆成了一个心形，手捧鲜花在豪车前单膝跪地给女生表白，女生热泪盈眶，在所有人的祝福声中答应了他。

评论里说这就是小说里的玛丽苏场景，天上下着鲜花雨，霸道总裁从天而降，手里捧着九十九朵玫瑰花，预示着长长久久的爱恋，女主看着从天而降的男主，由惊讶转为惊喜，心底里满是幸福。

而我……怎么被表白来着？

好像是在咖啡厅钢琴伴奏来着。

看着一旁勤俭持家、帅气逼人的宋远，我跑过去和他讨论起表白方式的问题。

他很认真地说："那男的是手机批发商吧？"

"呃……"

"你很喜欢这种？"宋远原以为自己已经很高调了，没想到还有人比他更加高调，当初为了有一个浪漫不失高雅的表白形式，宋远可谓是煞费苦心，现在遇见了段位更高的高手，担心被比下去了。

我赶紧说："不喜欢，怪尴尬的，用手机摆一个心形还不如用蜡烛呢，要那么多手机也没用啊。"

"那就好。"

"嗯，我挺喜欢你的那场表白的。"

"你的意思是，打心眼里开始认可我了？"

在宋远看来我对他只是浅浅的喜欢，并没有向往跟他携手一生，他想错了。

“宋远，我喜欢你。可能及不上你喜欢我那么多，但是对我而言，最喜欢的人就是你。”我说，“其实从接受你的表白开始，我就认定你了。”

我从没这么认真地对宋远表白过，这么一下子他突然就愣住了。

“要是我不认可你，怎么会过来和你一起住呢。”我摇了摇他的手臂。

只见某人的脸慢慢地红了，他磕磕巴巴十分傲娇地说：“那……那你以后不许……朝三暮四，我可是……一直为你守身如玉。”

连影儿都没有的飞醋他也吃啊，但是有点儿可爱。

我怎么就遇到了这么一个大宝贝呢！

“好好好。”我满口答应。

“还记得那一次没收你课本里夹带的情书的事情吗？”

我的手一颤，其实那也不是情书……

“你不是抢走了一张纸吗？写了什么？”

“你当时没看清吗？”

“没有，当时……看到你给别人的情书，心情有点儿复杂，没有看清上面的字迹。”

“好吧。”原来他没看清楚啊，“那张纸上面画的是你，字也是配给你的。”

“是吗？看着不像啊……”

我当年的画功有那么差吗！

“是！就是你！”

宋远的心情似乎好了不少，又问：“是我的话，我为什么不能看？”

“那上面写着‘陌上人如玉，公子世无双’。”

宋远闻言心情更是大好。

我接着说：“——美术人的标杆模特。”

如我所料，他的脸一下子黑了，比刚刚吃飞醋之前还黑。

他本来以为我那句是对他的表白，没美上两秒就发现我只是把他当工具人，也不怪他突然黑脸……

要不我补偿一下？也难为人家白吃这么多年飞醋了。

我快速走到他身边，踮起脚，学着偶像剧里的场景，用额头蹭了一下他的鼻头。

他脸一红。

呀，害羞了，我的宋远同学。

第九章

因为是你 /

01

我干了一件没有伤敌一千却自损了八百的事情。

五一小长假，我闲来无事就想着搞个角色互换的游戏，这几天的时间里我就是宋远，他就是洛落，他负责画稿，体验我想哭的生活，我体验他男神的生活。

还记得五一小长假的前一天晚上，我用无比认真的眼神对宋远说：“这几天无论我做什么饭你都要含着泪吃下去哦。”

“好。”

他笑得可开心了。

原本我计划的是情侣间的一百件小事很多都没有完成，刚好现在能趁着五一角色互换为他做些事情。

但是，想一想远比做一做简单太多了，就好像现在。

超市里，正在扮演“洛落”的宋远站在我旁边指手画脚，说要吃什么吃什么，然后催着我推着推车开始拿吃的。

这么多小零食，我的嘴有那么馋吗？

可是这熟悉的语气和话让我心虚，这些话我似乎的确说过。

“要不买一盒花椰菜？”我说。

“不好吃。”宋远版“洛落”居然将头撇到一边偷笑，嘴里还嘟囔，“我想吃牛排、意面、烤肠。”

虽然这些菜对我来说很难做，但我也只能认命地把牛排、意面、烤肠放入篮子里，自作孽不可活。

就在这时，宋远想了想，又拿起了鸡胸肉：“突然间觉得不想吃牛排了，吃宫保鸡丁吧。”

我一脸委屈地看着宋远，在想自己平时真的这么过分的吗？

不对！平时吃的都是宋远做主，美其名曰都是为了我的身体健康着想。

想到这儿，我斩钉截铁地将所有的肉制品都放回去，一本正经地胡说八道：“平时可都是我说了算，这食谱也是我说了算，你可得乖乖听话。”

“可是……”

“这几天我要给你打开新世界的大门！”

除了半购物车的小零食，其余的肉制品和蔬菜全数被放归原位。

仗着自己现在是“宋远”，下厨失败的我中午点了滋补套餐：虎皮青椒、肉末茄子、冬瓜肉末汤。

“他们家的外卖最是地道，你可以尝尝。”

晚上，我很热情地给他煮泡面，可惜煮过了头。

“来，你最爱吃的泡面。”

宋远满脸都写着拒绝，但是因为角色需要，还有之前答应我无论我做什么他都得给我面子把东西吃掉，他就吃了。

嗯，我很满意。

晚上十点钟穿好衣服，我满心欢喜地说：“我知道你最喜欢吃小龙虾，我们去吃吧！还有烤串。”

吃了那么多之前都不吃的东西，也不知道此时此刻的宋远是怎么想的。

或许在想假期结束之后该怎么整治我，不过我可不担心，这才第一天。

为了满足自己的食欲，我吃了两份小龙虾和三十块钱的烧烤，直到我撑得走不动路，最后是宋远把我背回了家。

我以为我作威作福的小假期开始了，却没想到第二天早上七点不到一刻，我被喊醒了。

宋远抱着小短腿很委屈地看着我，说自己要吃面条，自家做的那种。

我蒙着被子，他就千般诉苦，最终使出撒手锏：“我现在是洛落。”

行吧，你现在是女孩子，我照顾你。

好在我有煮泡面的良好习惯，我顺利地将面条煮好，拿着昨晚剩下的菜拌在一块，给宋远端了出去。

宋远竟然也没嫌弃，心满意足地端起唯一的那一碗面走了，还叮嘱我要给小短腿准备好吃的。

啧，真是两个活祖宗。

02

准备完早餐，我果断回去睡了个回笼觉，十点一刻，我又被喊醒了。

宋远说他饿了，想吃香喷喷的米饭，如果不会炒菜就让我去网上学，不能点外卖，因为他拉肚子了。

其实我怀疑是因为他吃了我煮的泡面才拉的肚子，心里十分愧疚，但是他打死都不承认，一口咬定是外卖惹的祸。

“你真没事吧？要不我们去医院看看？”

“普通拉肚子而已，不用。”

“可是你跑了好几趟厕所了……”

“刚好排毒了，现在问题不大。”

…………

原来我做的东西在他眼里是毒药。

我叹了口气，从床上爬起来，看到自己的手机一亮，想去拿手机却被宋远抢走了。

“现在它是我的了。”

我愣了愣，也一把抢过宋远的手机并打开朋友圈。

看着某个人空荡荡的朋友圈，突然觉得有点没意思，我灵机一动，发了一条朋友圈。

whale fall：啊，好空虚好寂寞，好想让小姐姐陪。

宋远微微蹙眉，思考再三，竟然笑了起来，开始玩起我的手机。

“宋远你要不要求求我，让我删掉朋友圈。”这话音刚落下，我自己的朋友圈就更新了。

树上的喵：宋远哥哥怎么这么帅呢，好想嫁给他。

我猛地回头，压抑住恨不得和宋远决一死战的心情，快速地安慰自己：“我现在是宋远，我现在是宋远，我不能动粗，我不能动粗。”

精神治疗法有奇效，我感觉我好多了。

心满意足地把自己刚刚发的那条瞬间一堆人点赞的朋友圈删掉，我又笑嘻嘻地发了一条新的：女朋友有点调皮，见谅。

准备好中饭之后，我发现亲爱的宋远同学正坐在客厅里，沉迷在追剧的世界里无法自拔。

我凑上去一看，侦探片啊。

“其实洛落喜欢这一部剧。”我关掉视频播放界面，在首页上指了自己常看的电视剧，一部超级玛丽苏的史诗级大作。

“洛落这么白痴的吗？”

“……”

他回到原剧，认真地说：“洛落不会看那种剧的。”

见我满脸沮丧，他干脆搂着我的腰让我一块儿看。

“你不是很饿吗？我中午饭做好了。”

“好，那先吃饭吧。”他关掉视频，起身去厨房又煮了一碗面。

“你吃这个吧。”

“那这些呢？”我指着自己的“杰作”。

“我吃。”

我好像知道他在想什么了，他做的东西比较好吃，就想着把好的东西让给我，而我做的东西他是一定不会嫌弃的，也会不浪费地把它们都吃掉。

宋远为爱含泪吃黑暗料理，这太让我感动了。

然而，这感动的代价有点儿大，宋远不是含泪去吃的，是用命去吃的，因为中午饭过后他又闹肚子了，最终我们还是去了一趟医院。

看着快虚脱的宋远，我心里百感交集，又是自责，又是心疼。

“洛落，晚上就由我来做饭吧。”

“你这个样子我怎么忍心让你下厨。我知道你也更怕我下厨，我们……还是点外卖吧。”

“洛落，我没有嫌弃你，而且我相信你的做饭水平一定会越来越好的。”

他露出了一抹真诚的微笑，在我的坚持下，也接受了暂时吃外卖的日子。

五一假期一结束，宋远就重新回归了主厨身份，而且开始一步一步地教我做菜。

晚餐的时候，我问他：“角色交换的这几天累吗？”

“不累。”

“可是我好累。”我说，“宋远……我……”

“你怎么啦？”他的眼神带上了点儿揶揄。

“哎呀，反正我以后会好好对你的！”

“好。”他满意地笑了。

03

有一种人的记忆力只有三秒，三秒前手机还在兜里，三秒后手机不翼而飞。

“手机，手机，你在哪里呀？”

我似乎听到了手机与我的心灵感应——你的小宝贝在这里呢在这里呢在这里呢。

然而，我四下寻摸了一圈，还是没找到。

靠自己不行，我决定借助点儿外力。

“宋远，宋远你的手机呢？”

“茶几上。”

摁亮屏幕，锁屏是一张宋远亲我的照片。我的脸唰地红了，赶紧将手机息屏。

深呼吸，都“老夫老妻”了，我不羞。

再打开手机，看着6位数的解锁密码，我没问宋远密码是什么，默默地尝试将自己的生日输入进去。

手机居然真的打开了，主界面壁纸依然是我和宋远的合照。

我快速地打开拨号界面，输入自己的号码，看到了备注：宝。

我愣了一愣，自己熟悉的手机铃声响起叫回了我的魂儿。

上面出现的备注却是宋远。

之后的半个小时，我不停地翻动手机，有些坐立不安。

宋远走了过来：“怎么了？”

我没抬头，小声嘀咕：“我看到你给我的电话备注了。”

“哦。喜欢吗？”他将切好的水果递上来，示意我去吃。

“嗯……喜欢。但我觉得挺对不住你的……”

宋远思索了一下，似乎明白了我说的对不住是指什么。

“所以，你给我打了什么备注？”

“宋远。”我吐露实情。

“换一个。”他摸摸我的头。

“你不生气啊？”

“嗯……备注宋远显得太生疏了，你现在是我的女朋友，所以需要你现在就换。”他话是这么说，眼神却没有一点儿生气的样子，反而透着坚定和温柔。

“没问题！这就换！”

想了一想，我给宋远的备注打了个宋先生，笑嘻嘻地对他说：“你是我的先生，独一无二的先生。”

“独一无二的啊，我还是喜欢能够相守一生的宋先生。”

“是啊，你就是我独一无二的、相守一生的宋先生。”

自打这之后，每次听到有人说宋先生的时候总会下意识地觉得是宋远，也不曾叫过别人宋先生。

04

宋远有一个特殊的小习惯，会在午睡的时候待在我的房间里睡觉。

就好比现在。

还在完成接单任务的我都不知道怎么动我的胳膊了，看着电脑里画了十多下都没画好的线，我小心翼翼地挪动位置。

“洛落。”

宋远就好像害怕我溜走一样，又凑了上来，我只能接受现状。

半个小时后，我的线稿还在原地打转。

“宋远，你已经严重影响到我工作了。”

委屈的宋远只能默默地回到自己的房间，可晚上两三点的时候，他又敲了敲我的房门：“洛落，我失眠了……我能不能，抱着你一起睡啊。”

面对他突如其来且十分少见的撒娇，我不得不承认我心软了，答应了他的要求。

从此以后，宋远就经常来我这儿“蹭房间”，有时候我熬夜画稿的时候他都会趴在一边陪着我，像极了小短腿睡觉的样子。

我想这就是爱情最美好的样子吧，互相陪伴，互相温暖。

然而，爱情也会有破碎的时候，我看到宋远和别的小姑娘说话了！

不是和学生会女会长的那种交流工作，也不是和女老师的那种讨论学习，而是和面带羞涩的小姑娘，听目击者说每次那小姑娘看到宋远的时候都会软软地喊一声“宋远哥哥”。

哪怕宋远和她说话的时候是面无表情的，但我还是会觉得心里不舒服。

呵，这个看似无欲无求的男人啊，就这么多了一个妹妹。

我越想越生气，到了不能控制自己脾气的状态。

“洛落，怎么了？是不是不舒服？”

看着宋远一脸着急的样子，我就能够知道我现在的脸一定很黑。

我哼了一声：“没怎么，就是心情不太美丽！”

宋远想了想：“那……吃点儿开心的小零食？”

呵，男人！

十秒钟之后只听到“哐”的一声，我把房门关上了。

宋远他都是人家哥哥了，还需要我这个喜欢窝里横的女朋友？

说起来也让人觉得有些烦躁，我从来没想过有一天我会吃宋远的醋，而且还是瞎吃醋！

但我就是控制不了！

“洛落？”

是敲门的声音，我是坚决不愿意搭理宋远的，我发誓。

“我不在！”

时间23：15。

我躺在床上翻来覆去睡不着，我在想宋远最近总失眠，现在又这么一闹，他铁定睡不着了，明天会不会要顶着一个黑眼圈去上课？

这多影响他作为男神的形象啊！

可是一想到我发誓不理他的样子，我忍住了，我得有骨气！

我觉得我应该睡觉了。

呜呜呜，可是我睡不着。

时间1：00。

宋远打开了房门，悄悄地爬上了我的床，我由着他抱住了我，假装不知道。

嗯，就当是为了他的男神形象着想吧。

第二天起来的时候，看到委屈巴巴的宋远，我的心一软，好似昨天的誓言都不曾出现一般，心里想着的是怎么把眼前这个该死的男人锁起来，就知道在外面招蜂引蝶！

“洛落，我错了。”

虽然不知道错在什么地方，但宋远很认真地在道歉，并且撒娇似的将头埋在我的胸前，开始用美食诱惑我。

“我们今晚吃夜宵好不好？麻辣小龙虾？烧烤？炸鸡？火锅？”

这个男人最近越来越令人招架不住了……

05

A大洛落传来喜讯，即将飞往美国的航班已经起飞了。

本以为自己上了飞机会精神抖擞，幻想翻一个跟斗就是十万八千里的感觉，觉得自己和孙猴子肩并肩。但是我想多了，上了飞机一沾枕头，我就睡得不省人事，直到宋远提醒我该下机了。

这是我第一次以宋远女朋友的身份见他的父母，无比激动，也有很多的担忧，这些担忧怎么来的我不知道，总之是存在的。

宋叔叔和凌姨过来接我们，可是一见面，我就把原本想好的台词忘得一干二净。

我以为我是最紧张的，结果没想到宋叔叔比我更紧张，他激动到结巴了。

“洛、洛落，好、好久不见。”

“洛落，凌姨可想你了！”

“洛落也想凌姨和宋叔了。”

因为这么个小插曲，我担忧的心情瞬间散去了不少，轻松了许多。

寒暄过后，我们一行人去了餐馆吃东西。

原本以为这只是简单普通的一餐饭，却没想到听到了精彩的故事。

一开始凌姨是真心实意地想让我当她的女儿，直夸我人美心善嘴甜。

这件事本就是公开的秘密，毕竟凌姨对我的爱挺明目张胆的，可凌姨又说，她认我当干女儿的事情之所以没成，是因为宋远的心装不下我这个便宜妹妹，而且他还为了能够对付我这个“敌人”

专门在初一暑假悄悄地见过我。

听到这里，宋远轻咳了一声，可他越是这样，凌姨说起来就越带劲。

“洛落小宝贝，你可是凌姨的小心肝，你知道这小子以前干了什么吗？他经常向我打听你的消息，我们开视频的时候他还总悄悄地观察你。”

妈耶，居然还有这档子事。

“还有啊，不知道什么时候，这小子把你的照片都复印了一遍，还都藏了起来。”

宋远冷不丁地加了一句：“我没藏……我明明放在书柜里。”

凌姨还表示宋远专门买了一个看起来很高级的相册，远远地看过去还以为是什么名著，把我的照片全放了进去。

“这臭小子，没准他早就看上我的乖乖洛落了。”

“别听我妈瞎说，她就是想你当她的女儿，现在你成了我的女朋友她也嫉妒。她总说，女儿是妈妈贴心的小棉袄，儿子是皮夹克，夏天穿着太热，冬天穿着太冷，最多就是带出去炫耀的，可看着满大街的皮夹克，发现也没什么好炫耀的。”

我忍不住笑出了声，没想到凌姨还会有这样的一面。但我是真的，得到了宋远一家满满的宠爱啊。

06

我和宋远之间，有一件让我难忘的事情。

他将我在高三期间给他画的半身像、头像全部配上了三行情书，字里行间都是情谊。

看到的时候，我忍不住惊呼起来，回想起过去的点点滴滴竟忍不住有些哽咽。

“这里有肩膀。”

他没有笑我，只是将肩膀借给我。

这些是只属于我们二人之间的东西，他就好像一个诗人一样，把和我们有关的点点滴滴，仔细斟酌，落笔的每一个字都是爱意。

宋远真的，总是会让我觉得很暖心，他会为了我去尝试自己以前不能接受的街边小吃；漫天飞雪时，他会第一刻想到我，带我出去踩雪；看到飞舞的樱花，他会拍下来发给我，和我分享最美的风景；我外出写生的话，两个人的电话几乎是没有停过的，他不想错过我任何一个瞬间，哪怕在他即将熟睡的时候都不忘说一句晚安。

喧哗的闹市、寂静的夜晚，时时刻刻都会有彼此的陪伴。

有时候我会忍不住感慨和宋远的相遇，因为有了他，我的生活才更加甜蜜，也因为我们有了彼此，这一生才更加圆满。

哎！过头了！过头了！我居然有点煽情。

看着之前的画稿，不得不说我真的是有画画天赋的，现在学习的东西多了，还依然觉得以前挑选的角度是极好的。

思君忆君魂牵梦萦。

那窗边的少年啊，是多少人的梦中情郎。

但是他现在是我的男人了！那可是别人羡慕不来的福分！

毕竟不是每个人都会有一个宋远——陪着自己长大，将自己小心翼翼地放在心里。

抚摸着这本带着记忆的画册，里面装着年少的回忆，我感慨万千。

“别摸坏了。”

“……”

煽情的气氛全给宋远破坏了。

“这……也算得上是孤本了，我去查一查怎么才能让画册多保留几十年，直到我再也不能睁开双目。”

我的心“咯噔”一下：“你说什么呢，呸呸呸，我们可年轻着呢。”一把将东西抢过来，我满脸不高兴地说，“这是属于我们两个人的东西，才不要加什么装帧，多一点儿东西就多了别人的痕迹。”

“可是，它坏了的话我会很心疼。”

好吧，如果真坏了我也心疼。

最终，我们还是给画册做了装帧，可以让它保存好久好久。

07

路上的帆：你会翻你们家宋远的手机吗？我们这有个小姑娘因为翻了对象的手机，发现他实际上是个海王，啧，可怜啊。

树上的喵：……

杨帆的消息让我想到，宋远的手机好像我还真的没怎么碰过，上一次拿宋远的手机还是用来当手电筒，至于他手机里是否有秘密，我还真的从来没有关心过。

我觉得如果两个人之间真的产生了隔阂，那他们的相处中也一定会发生变化，根本不用去查手机，就能感觉得到。

我们不再是十七八岁的高中生了，许多的东西会因为成长而改变，我犯不着去费尽心思，怀疑猜测宋远是不是还爱我，是不是瞒着我做了对不起我的事。

那是对他的不信任。

我把杨帆跟我说的事情告诉了宋远，没想到宋远让我去网上下单买可以玩真心话大冒险的玩具，说我们这么信任彼此的小情侣，偶尔还是可以搞点小情侣之间的小把戏，这叫情趣。

OK，我奉陪。

收到层层叠的时候，宋远看愣了，过了好一会儿才说："这个怎么玩？敲出来的东西倒下来就要说真心话？"

没有见过世面的样子，真叫人怪喜欢的。

简单地介绍了一下规则，我们便正式上了手，宋远因为是新手不熟练，率先输了。

"迄今为止哭的最伤心的是哪一次？为什么？"我问。

"这是两个问题。"

"我可没说一次只能问一个问题哟。"

"好吧好吧。"宋远在这种小事上一向让着我，"三年级的时候，听说我妈要把你接过来当女儿养，哭得挺难过的，因为邻居阿姨说妈妈不要我了，要别人家的女儿，还想把我送给阿姨养。”

“……”

凌姨偏爱我的事情还真是对宋远造成了不小的影响，也难怪他在遇到我的时候是一张冷脸了。如果我从小都担心自己的妈妈被另外一个小孩抢走的话，我也会很难过的。

“好了，我说完了，我们可以继续了。”宋远说。

第二把游戏，我输了。

“说出你第一次表白的经历，有吗？”他问。

还真有。

“我妈说我四岁的时候在幼儿园扬言要娶我们园长，让所有的小朋友离她远一点儿，然后杨帆还因为喜欢园长阿姨和我打了一架，为了这事中午午睡的时候我还不和她睡觉，就连发小零食的时候也不给她吃。”

是的，我就是这样霸道。

“园长？男的女的？”

还真是一位能够提住关键词的主。

“是园长阿姨啦，她长得可好看了。”我现在都还清楚地记得漂亮的园长阿姨，她是我见过的最好看的女人，比电视上的明星还要漂亮。

“好吧，游戏继续。”某个人要迫不及待开始下一轮了。

非常不幸，第三把又是我输了。

宋远笑着说道：“做鬼脸发朋友圈，三张。”

“不是真心话吗？”

“这游戏叫真心话大冒险，我现在选择，大冒险。”

“我能不发吗，我选真心话行吗？”

“我这有你晚上睡觉不安分的样子，你不发，我亲自发也行。”

…………

这个游戏玩不下去了！

08

宋远最近不知道又从哪里看了什么养生科普，开始意识到早睡早起的重要性。

他自己践行也就算了，反正我睡眠质量好影响不到我，但他偏偏要带上我，让我和他共同进步，健康长寿。

生活不易，洛落叹气。

六点一刻，这个点连太阳都没有睡醒，我就听到了窸窸窣窣的声音。

床头灯亮起，我没睁开眼睛，想起宋远昨晚说要研究太极拳，而我就是他的陪练。

“洛落！”

听到宋远的声音，我第一反应是快速把头蒙进被子里，在心里嘀咕：这么早你要是能把我喊起来打太极算我输。

“洛落，该起床啦。”宋远还在温声细语地喊着我，像极了妈妈喊我起床的样子，哦，不对，我妈喊我都是很暴躁的，没这么好脾气。

“起不来啊？那再睡半个小时？”宋远见我哼哼唧唧的，给我发了个福利。

半个小时，可就算这样也比平时起得早太多了。

可能是因为太困，我没难受几秒，就又很快进入了梦乡。

“洛落，快七点啦。”

“！！！”

我明明感觉自己才刚闭了眼睛不到一分钟！

我不情不愿地爬起来，噘着嘴把枕头砸向宋远。他也没恼，依旧说着让我快清醒清醒。

七点一刻，我终于站在了客厅里。

我耷拉着眼皮，还没有完全醒过来，四肢无力。我将瓶子递给了宋远，说：“渴。”

原本以为会按照偶像剧的套路，他会选择给我拧开，然后刮一下我的小鼻梁，说一声：“乖。”

然而，我并不是偶像剧女主。

“早起不能喝冷饮，我给你榨果汁，苹果汁行吗？”

“行，谢谢。”反正只要是能喝的，就行。

趁着宋远榨果汁的工夫，我趴到桌子上继续偷懒，一旁的挂历是之前就已经做好的周边，上边画着的是我跟宋远的合照卡通图案，除此之外客厅里还有一面墙专门放了两个人的照片，C位是属于我的。

然而在这充满甜甜的恋爱氛围的环境里，我此时此刻认清一个现实，天大地大睡觉最大，我困啊！

“以后都要早睡早起，我每天都喊你起床。”宋远把果汁递给我，如是说道。

我很绝望，一脸认真地说：“我昨晚三点钟才开始睡觉，六点你就想着喊我起床，我可是祖国的花朵！你都不让花朵睡觉！”

“那你明天晚上十二点就把手机给我，不能再玩了，不要拿接单当作借口，谁还会凌晨三点钟找你下单？”

“……”

我被戳穿了，我再也不能用“都是为了工作身不由己”的借口熬夜了。

就这样，我连续几天都被宋远拖起来练太极，不得不说这厮还真的很是认真，生怕我一个动作做得不标准影响我的健康。

睡眠不足的我接二连三地打哈欠，想着什么时候才能够彻底结束这一活动，一根筋的宋远太难缠了。

可是他一向都很固执，如果不是他这么固执，当年我的数学也不会起来，这么一想我还得感谢他。

我好矛盾，我太想哭了。

09

我是一个敢于正面刚的小仙女，半个月后，我发现自己被练太极折磨得眼袋胀大、双眼无神、容颜萎靡的时候，我坚决地挑战了宋远的权威，拒绝再早起了。为此我还带上了小短腿一起窝在房间里，为的是有一只猫和我站在统一战线。

宋远敲了敲门："洛落，你起来了吗？"

"没起来，再也不起来了！"我的声音有点委屈。

宋远察觉到我的不对，推门走了进来："洛落？你怎么了？"

"大骗子，说什么练太极强身健体，你看我的眼袋黑眼圈，我感觉自己比没练之前老了五岁。"

宋远端详了我一会儿，眉毛渐渐皱了起来。

"我知道你是为我好，可是，你也不能折腾我啊，我可以早睡，但是六点起床，我觉得这对我不健康……"我越说越委屈。

"好，以后不这么折腾你了，你健康快乐就好。"宋远终于放过了我。

接下来就是来自一位高冷男生的别扭示好。

"洛落，吃薯片吗？"

"不吃。"欺负了我好多天，我才不要这么轻易被薯片收买。

"洛落……"

"嗯？"

"要不我们吃小龙虾？"

我是那种屈服于小龙虾的人吗？

"我打算点了，你要微辣还是特辣？"

"特辣！"

嗯……在辣度这方面还是需要有自己的想法，不能没了主见。

然后，我继续不搭理宋远，却默默地等着小龙虾的到来。

三十分钟后，麻辣小龙虾上门了。

我乖巧地坐在沙发上等待投食。忘说了，剥虾这档子事自打宋远学会了之后我就再也没有做过了，毕竟小龙虾的美味只需要用嘴巴去品尝，和爪子没有任何的关系。

“好吃吗？这一次我专门买了两份。”

“嗯。”

七八个小龙虾已经被我收入腹中，我又打开一旁的肉串，开始享用。

一旁的宋远认真地剥着虾，我边吃边说：“杨帆要回国了。”

宋远实际上是一个不以物喜不以己悲的面瘫，平时没什么神情挂在脸上，在这一刻我居然看到了他的迟疑，甚至还有一丝的不情愿。

这是还把杨帆当“情敌”呢。

“趁着暑假，她打算先来看看我，和我住一起。”

“那正好。”

正好？我一脸迷茫地看着宋远，难道他想开了？已经正确认识到杨帆对他没什么竞争性的这件事了？

然而我想错了，他很轴，也不会把自己的美娇娘往外面送。

“正好余下一张床，她可以自己睡，你陪我，她如果寂寞了，就让小短腿陪她。”

他这是吃醋了。

我简单地说了一下杨帆这一次回国是来这边常住，会跟我一块儿工作，我已经打算好了，头像和同人的单子会经过对方的同意之后交给杨帆画，并且会注明更改画手。

宋远看了我一眼，很是无奈地说："原本以为会是二人世界，但是没想到除了一只黏人的猫，还即将多个杨帆。"

看着宋远不高兴，我赶紧过去哄他，笑嘻嘻地晃着他的胳膊打趣他："你们男孩子不是都喜欢猫吗？你怎么能说小短腿是多出来的嘞？"

"不是，我还好。"

"哎？那你还主动养猫啊？"

"是因为你，树上的喵。"

原来是这样的啊……

第十章

可爱的你可以爱 /

01

我低估了杨帆的战斗力，也低估了宋远的醋意。

原本因为杨帆的加入，我们的接单量大了起来，生活也变得很忙碌，一天的大部分时间，我都是和杨帆凑在一起画画。因为从小一块儿长大，默契十足，知道彼此的梗，所以并没有因为工作量大而不开心，笑容反而更多了。

可宋远开始有些发愁，他觉得自己的对象就这么被抢走。

时间 22：35。

某个人还睁着眼无法入睡。

“怎么了？”

“睡不着。”宋远翻了个身，将我的腰搂住。

“感觉你和杨帆待在一块儿，眼里就没有我了，你好像和她在一起，比和我在一起时开心。你们有那么多能聊的话题，真叫人羡慕。”

这个时候，我才意识到，无论眼前的人多么优秀，可身边玩得好的朋友却没有，我虽然只有一个杨帆，却有着钟子期和俞伯牙的情义，虽然在旁人的眼里可能比不上钟子期和俞伯牙，可在我的心里确实是这么想的。

宋远接着感叹道："有共同语言的感觉可真好，有时候我都不知道你们在笑什么，愁什么，根本就插不上话。"

我吻了一下他的额头，轻声安抚："以后你想知道什么我都可以告诉你，你也可以慢慢地去了解。"

"好。"不知为何，我似乎从他这简单的一个字里听出了一点儿难过。

不行，我不能让自己的男朋友不开心。思来想去，我决定把单子更多地分给杨帆一些，好空出时间陪他。

"他该不会吃醋了吧？"杨帆一下子就猜到是怎么回事了。

"嗯。"

"没想到大神吃起醋来还挺磨人的啊，有点儿萌，你可得好好地珍惜他哟。不过……他就这么把你给抢走了，说实话还真没什么好高兴的，突然间要把你分给另外一个人，心里空落落的。"

见我有些伤感，她赶紧又说："不过呢，像我这样人见人爱的小美人肯定是有人追的，珍惜现在的我吧，到时候被人抢走了，我可不会秒回你的消息了哟。"

"那当然，我一直都好珍惜你的。"

"行吧，那来亲一个。"

"么么哒！"

假期似乎过得很快，杨帆又坐着飞机飞往国外求学了。

杨帆一走，宋远就开始缠着我，让我把手里的活全部放下，去小吃街吃了一整天，逛遍大街小巷，去吃美食、拍照、看风景，只要是两个人能够做的事情恨不得全部做一遍。

02

whale fall：[定位]

whale fall：过来喝咖啡吗？

看了一下位置，真的很远，已经超出了我的承受范围。按理来说，我会拒绝这件事，但他是我男朋友。

树上的喵：好，就来。

于是乎，我换上了休闲装，咖啡色的短袖配上墨绿色的工装裤，再来一双……黑色帆布鞋！

看着镜子里的自己，我忍不住夸了几句自己的眼光。

为了不让宋远等太久，我出门拦下了一辆出租车就往目的地赶，等到了的时候却发现宋远身穿着咖啡店的工作服。

他换工作了？之前不是一直在琴行兼职吗？

说实话，我是第一次看到家境富裕的公子哥为了体验生活，抛弃了挥金如土的日子，选择从基层干起，佩服，佩服。

见我一副若有所思的样子，宋远用手弹了一下我的额头，笑着说道：“想什么呢？”

聊了几句之后，我才知道，这里是宋远的朋友开的一家咖啡厅，他今天不过是专门过来帮忙的。

把我拉到桌子旁，他轻声说道：“稍等片刻。”

片刻后，我看到一个熊本熊端着卡布奇诺走过来，把咖啡放在我桌前，上边的图案还是熊本熊。

音乐响起，熊本熊依着节拍开始扭动身子，看着他很不自然的舞姿我忍不住笑出了声。

其实，看到熊本熊脚上那双熟悉的鞋子我就知道是宋远了，怪不得他这段时间经常在网上搜索熊本熊。

“亲爱的洛落小姐，这段日子辛苦了。”

宋远将头套取下来的时候已经满头是汗，他看到了这段日子我的忙碌，我为了能把每一单都画好，很多个晚上都是一两点才睡的，尤其是杨帆走后，之前积压的单子就都落在了我一个人头上，有时候要到三点钟才能休息。

“宋远这小子，为了能够在我这儿学拉花，可是费了不少工夫，每天中午都会过来一趟，说什么就你在睡觉的时候他才有空学东西。”说话的人是宋远的店主朋友。

怪不得最近我午休的时候他经常不在家，被我发现了还说什么学生最近要钢琴考级，他得每天多上一个小时的课。

现在我明白了，原来宋远同学不是在教课，而是自己在上课。

看着卡布基诺上可爱的熊本熊拉花，我忍不住轻轻地环住宋远的腰，低声说：“你怎么这么好呢？”

“你才知道我很好啊？”宋远笑道。

“才不是呢，你一直都特别好。”

他刮了一下我的鼻子：“这还差不多。”

“你怎么想到弄这些了？”

“大概是因为生活总是需要惊喜的，只有这样你才会觉得你身边的我，就是最好的那一个。”

看来我崇拜宋远是有原因的。

不过，就算没有惊喜，对我而言，他也是最好的那一个。

03

宋远上次的咖啡店惊喜让人很是意外，那种特别浪漫的情节，我也想为他制造一个。

我开始专心谋划这件事，还专门在网上查阅了类似于“怎样制造浪漫”“如何给对方一个惊喜”等话题。

半个月的时光一晃就过去了，皇天不负有心人，在我锲而不舍的努力之下，我终于有了一个看起来不俗的浪漫点子。

树上的喵：哒哒哒。

whale fall：你似乎心情很好，是发生了什么好事吗？

树上的喵：我拿到了两张免费的电影票。

whale fall：免费的？

树上的喵：嗯，学长他们在做一个调研，电影票是免费的，不过需要每个观影人做一个服装分析，到时候交上去。反正不亏咯，我们一起去看嘛。

whale fall：好。

树上的喵：OK，下午五点，记得带上笔记本和笔。

我到电影院的时候一眼就看到宋远乖巧地坐在等候区，还在不停地翻手机，似乎在和谁聊天。

好家伙，来得比我这个惊喜准备者还要早。还好他并没有发现我，因为我现在穿着小熊的玩偶衣服，假装自己是影院的工作人员，在和不同的人互动。

我自然地走到宋远身边，做出一个很绅士的动作，再递上影院的宣传单。就在我觉得很完美的时候，兜里的手机铃声响起。

宋远的手机正放在他耳旁，我看着他微微一愣，把电话挂掉，然后又打了一个。

我兜里的铃声又应声响了起来。

“洛落？”

完了，被识破了。我把一切都准备得无比充分，却忘记把手机调成静音。

我默默地把头套摘掉，冲宋远扮了一个鬼脸。

“被你发现了啊，走走走，我们进去看电影。”

“你穿成这样不热吗？”

“不热不热！”

其实我热，但是我更加地热爱我正在实施的浪漫计划！

因为穿着小熊套装，我把自己塞进座椅里之后就几乎不能动弹了，厚厚的玩偶衣服捂了我满身汗，宋某人因为我手脚不便，很贴心地帮我做了那份服装分析。

两个小时过去，我终于等到电影结束了。趁着场内全黑，我拉住准备起身的宋远，亲吻了他的脸颊。

灯亮，我火速带上头套出了影厅，还没走多远宋远就跟上来了。

“哪儿来的电影票？”

“从学长那儿要来的呀。”

“真的？”

他捏着其中的一张电影票，上面画着两个小人，是我专门画上去想留作纪念的。

其实……根本没有学长在做什么调研，也不需要做什么所谓的服装分析，这一部宣传语中说为小情侣量身定制的电影，就是我想和宋远一起来看而已，顺便再给他一个惊喜。但显然，我的惊喜计划基本上是失败了一半。

“好吧……电影票是我买的。”

“嗯。”

“嗯是什么意思？你不会早看穿我了吧？”

“没有，我很喜欢。喜欢你为我安排的电影，也喜欢你今天不一样的小熊装扮。”

我又被反撩到了。

第二天早上，宋远轻轻推开我的房间门，俯身吻了一下我的额头，然后出了门。

听到门“哐当”一声，我竖起耳朵仔细听了听，确保他已经离开，才起身洗漱。

宋远今天要给学生上钢琴课，还给我留了一张字条，说我今天没课可以好好休息休息。休息？不存在的！

穿戴整齐之后，我火速往超市赶去，拿出早就准备好的菜单开始对照着买菜。惊喜计划失败了一半还有另外一半，为了今天我可是花了小半个月的时间，去学了之前我最不擅长的事情：做饭！

常言道，要想暖到男人的心，就得暖住他的胃！

那么厨艺本就很“感人”的我要是为了自己心爱的男人花半个月的时间去学一道菜，简直就是天底下最感人的事情。

在我的眼里最让人感动的事情就是，愿意为了自己心爱的人去改变，为了他去做自己并不会做的事情。

快速地挑好菜、调味料，顺带买好一份卤菜，以防今天的桌上真没有一道能下手的菜，我拎着袋子出了超市。

菜品有了，主食呢？

自己那飘忽不定的厨艺，主食也是有翻车的可能哈……

想到这儿，我赶紧去买了一碗粉，还加了一份牛肉。

对于别人而言做菜是日常，可对于我而言，做菜是运气，在半个月的学习时间里，我成功得很随机。我虽然是心甘情愿地冒着烫伤的风险给某个人做菜的，但我不能让他为此冒饿肚子的风险。

三个小时之后，看着好不容易凑出的一桌子的美食，我感叹今天自己的“厨运”不错，拿出手机拨通了宋远的电话。

“你在哪儿呢？我饿了。”

“快到家了，我买了鸡肉、西蓝花、番茄、牛腩，冰箱里还有青椒，一会儿回去就用这些做饭给你吃。”

青椒？

被我糟蹋了。

为了炒一份虎皮尖椒，我大概炒了三锅才搞出一盘能下口的，等宋远回来，一定会看到他好不容易整理好的厨房变得乱糟糟的，垃圾桶里都是我没有炒好的“牺牲品”。

门开了，宋远推开门，微微愣住，大概是闻到了菜香。

“你点外卖了？”

这个人，看来他对我亲自下厨做出点像样的菜来还真是不抱任何希望。

看着桌上的东西，他快速地跑到厨房看了一圈，有些惊讶地问我：“你做菜了？”

“嗯嗯。”

他看了一眼垃圾桶，一句嫌我把厨房搞得乱七八糟的话都没说，面带微笑地准备好碗筷，盛好了饭。

其实我这一次做的菜真的很一般，可宋远吃了整整五碗饭，直到所有的菜都吃完他才停止，一副很满足的样子。

看着遵守光盘行动的宋远，我心里觉得满满的、暖暖的。

一点点小小的爱意都能让彼此觉得幸福满足，真好。

04

我和宋远吵架了，这么久以来唯一一次，还有点儿严重。

油画社团在昨天有一场活动，内容是聚餐，因为是周五，就定在了下午五点一刻，刚好所有的人都有空。作为副社长的我自然就要主持这场活动，因为只是吃一顿饭，我就没有和宋远谈及此事。

很狗血的事情发生了，当一个狗血故事要发生的时候必定会有一场大雨。

大雨瓢泼，我没带伞，只能站在屋檐下盼着雨赶紧结束。常言道，乐于助人是传统美德，这个时候出现了一个眉清目秀的帅气学弟（但比宋远略差），他的伞很大，还和我顺路，于是我们一起搭了辆出租车，他把我送回了家。

站在门口，我想请学弟进屋喝口热水，结果门突然从里面打开，某人冷着一张脸说了一句谢谢，把我一把拉进去，砰地关上了门。

我愣了愣，满脑子的问号，随即回过了味儿。

人家好心好意地把我送回来，他就这样的态度？

我怒视宋远："宋远，你这样很有意思吗？"

"你什么意思？"

“我什么意思你不知道吗？”

“我反正就是这个意思！”

“你就不能和学弟意思意思？”

“……”

等下，我觉得我们有点和“意思”过不去……

就在我想冷静一下的时候，他问：“那个男的是谁？”

“学弟。”不想争吵的我只想回到自己的房间里冷静一下。

“你们怎么一块儿回来了？”宋远拉住了我。

“下雨。”感觉我的脾气已经到了一个临界点，只要他一使劲我就可以原地爆炸。

“不可以打车吗？”

“宋远，你脑子里装的都是些什么？难道我的为人你还不清楚吗？是可以打车，可是下了车的这一段雨路你让我淋着回来吗？人家好心好意地把你的女朋友送回来，你就这态度？你可是A大风云人物，谁不知道你有一个女朋友叫洛落？谁不知道洛落喜欢宋远别人根本就不可能有机会？”

“哐”的一声，我关上了房门。

我气呼呼地在房间里待了一会儿，收拾了几样东西，直接回了寝室。

“洛落，还不原谅他吗？他就是吃醋了，你别这么跟他置气。”

郝萌把奶茶递过来，轻声说：“好啦，你可是小仙女，怎么能生一个凡人的气呢。”

见我仍然不为所动、闷闷不乐的，她改变了策略：“要不，我们去购物吧？去蹦迪吧？烫一个大波浪吧？”

看着我的黑长直，我有些心动，要不再染个发？

可宋远还在楼下待着。是的，他刚刚拜托郝萌给我带了今天的信上来。

自从我们吵架之后，我就不愿意用手机回他的消息了，于是他这周一直通过室友给我送信，每天一封，大概是介绍每天做了些什么，多么想我。

可是，他依旧没有道歉。

还真是一个小肚鸡肠的男人啊！

算了，也不能总躲着他。

“要不去做个头发？”我说。

“好！”郝萌双手赞成。

两个人大摇大摆地走出寝室楼。从宋远的身边经过，我假装什么都没看到的样子。选了一家理发店，再挑了个当季流行的百搭色，烫发！

至于宋远则很贴心地跟在我们身后，还在我造型结束后送上了我最爱吃的烤串。

“洛落，烤串大人来帮我说情了。”

我没忍住笑出了声，什么烤串大人啊。

“上次是我不对，我相信你，你也相信我好吗，以后不会了。”

唉，自家男朋友，我就只能大人不记小人过，原谅他了。

05

当我的“爱豆”遇到了宋远，这个场面有点儿像修罗场。

每一个女人的生命里都会遇到无数个男人，若是出现一个各方面都优秀的完美男神，就恨不得将全身心都给他，现在的我就是这样了。

是的，时隔多年我又追星了。

“爱豆”的剧我狂刷不厌，“爱豆”的同人图让我为爱发电，不仅如此，我还开始学视频剪辑了。

为了能够设计出神仙剪辑，我潜入网文作者群，“勾搭”到一个跟我一样沉迷追星的小姐姐，成功地拥有了量身定做的剧本。

就在我跟剪辑软件较劲的时候，它第三十五次崩了，我忍不住怒吼：“宋远，你电脑有问题！”

“是你文件太大了。”

“……”

我“爱豆”的颜那么好看，我当然想全部放进去！

算了，不管宋远了，我还是继续低头剪东西。

“洛落，吃烤串吗？”

“不吃。”

“洛落，吃小龙虾吗？”

“不吃。”

“红烧排骨？糖醋里脊？红烧鱼？”

不，我不吃，我不饿。

见用这么多好吃的也没引诱到我，宋远觉得我已经到了丧心病狂的地步，为了个“野男人”不仅把自己买小裙子的钱用来充了三年的会员，还去买了几十块钱一本的超不划算的杂志，而且买了三本，一本用来看，一本收藏，一边用来剪裁。

宋远摇了摇头，他大概是放弃“拯救”我了。

“今天下午两点我在琴行有课，你要是饿了就自己先点外卖吃。”

“没事，我等你回来吧，还是你做饭好吃。”

宋远没说话，我没发觉他的沉默，自顾自加了一句：“我想吃麻婆豆腐。”

晚饭的时候，我兴冲冲地坐到餐桌前，巡视了一圈后疑惑道：“麻婆豆腐呢？”

宋远笑得极不真诚：“你没说吧？你最近都只顾得上你的‘爱豆’了，现在用得到我才想起我了，你不会是在怪我没有做你喜欢吃的菜吧？”

我就是再蠢，也知道大事不妙，某人的醋吃大发了。我赶紧说：“没有没有，我就随口一问，我们家大宝贝做什么菜都好吃！”

“哦。”宋远收起了假笑，似乎不那么生气了。

我真是个善于化险为夷的小机灵鬼。

“今天下午在干吗？”

“剪我‘爱豆’的视频啊。”我下意识地脱口而出。

画面仿佛静止了。

过了大概十秒，宋远才说：“别把我电脑砸坏了。”

他的脸上又重新带上了那个假笑。

“好的呢。”乖巧、可爱、懂事的洛落上线了。

“嗯，记得脱粉的时候告诉我，我们去吃顿好的，庆祝一下。”

“……”

啊……他这该死的醋意。

搬着自己的小椅子往他身边凑凑，我傻兮兮地笑着说：“好呀，宝贝。”

“你怎么了？受刺激了？我也没说很过分的话吧？”宋远被我反常的没有维护“爱豆”的表现，吓得瞬间恢复了正常。

我调整呼吸，拉着他的手，认真地说：“我追星是没错，但我最爱的人是你啊，你就是我的唯一。其余的男人，我说爱就爱，说不爱就不爱，你看我从小到大翻了多少墙，欧美日韩各种花美男爱了个遍，可那只是娱乐。”

我是要画同人、剪视频、打榜，不过呢，最重要的还是眼前这个要和我共度一生的人。

宋远看着我：“洛落，我这么吃醋可能也不太成熟，但我……不太能克制得住。你现在喜欢的那个男人演了多少电视剧？每一个你都喜欢？坏人你也喜欢？”

“喜欢啊，他长得多好看啊，全世界属他好看，坏人也好看！”

“所以最好看的人是他？”

“没有！最好看的当然是你啦，你不一样啊，你的好看是不能和别人分享的好看。而且你看我俩在一起之后，有多少人嫉妒我有一个这么好的男朋友。”

“真的吗？你也这么觉得？”喜上眉梢的宋远拉着我的手，等待我的回答。

我点点头：“嗯，我确定，我有一个令别人嫉妒到疯的男朋友。还有啊，其实追星也不是全无好处，我现在会处理图片视频，还会剪辑创作，以后我毕业了走出去，能剪会画，肯定有人抢着要我入职。”

这话还真不是假的，圈子里就有这样的小姐妹，因为过于全能，应聘的时候 HR 抢着要。

“我的洛落当然是最棒的。”

我听出他语气里的小骄傲了。

“记得脱粉之后告诉我，少熬夜剪视频。”

“……”

当我没说，追星之路漫漫长，墙头翻了又翻，未来携手一生的可只有这么一个。

快乐最重要了。

06

当黑夜绽放光彩，那会是何等绚丽的景色。

看着介绍国内最大的浏阳烟花节的文章里的最后一句话，我心动了。

在百度上找好图片传给宋远，我开始给他“安利”浏阳烟花节。

“走过，路过，不要错过。”

“这么好看的烟花你确定不看吗？”

“哎呀呀，就请三天假嘛，要不算上双休，我们再去一趟长沙？”

“有什么是中国高铁和飞机解决不了的吗？”

面对我无止境的絮絮叨叨和反复否决他的异议后，他终于妥协了。

“行，那就去吧。”

“就知道你最好啦！”

“想到请假的理由了吗？”

“病假？”

“两个人一块请病假？合适吗？”

我大脑快速地转动，笑嘻嘻地说：“那……婚假？”

“好啊！”

宋远这回答应得倒快，我赶紧说：“好啦，我开玩笑的，我才十九岁呢，你也没到法定年龄。”

“可惜了。”

我觉得他有些认真了。

“到了法定年龄就结婚吧，每天都腻在一起，多好啊。”

“……”

我直愣愣地看着宋远，嘀咕道：“这么急的吗？”

“嗯。”

他一把将我搂过去，低声说：“你还是你，可以做任何的事情，唯一的要求就是，不要离开我。”

“好。”

在宋远的同意之下，我们一同去了浏阳看烟花，在看到烟花升起的那一刻我无比震惊，看着它们绽放，将黑夜遮掩，心中的幸福感爆满。

就连宋远都忍不住感叹了一声：“这可真是一个好地方，下一年我们也过来看吧？”

我看着他，然后郑重地点头，烟花带来的震撼是能够记一辈子的，在这一刻，其余的烦恼都会抛掷脑后。

烟花不断绽放，我拉着宋远的手，掏出手机拍了一张合照。

这也算是我们的浪漫情人节。

漫天的蓝光让人忘记了黑夜，依靠着宋远的肩膀，从烟花第一声响起的震撼到最后一刻的意犹未尽，我想这一次的旅行真的无憾了。

躺在宾馆的时候，我突发奇想地想对宋远说一句话，心里这么想的，我也就这么做了。

“能遇见你，真好。”

宋远就像那盛大烟花一般美好独特，会让人放在心里，铭记一生。

他看着我，嘴角带着笑意。

“我不要烟花那样昙花一现的美，遇见只是一个开始，相守一生才是我们的追求。”

07

最近命犯三姑六婆，有点儿难受。

就好比杨帆会开口闭口说：“你们家宋远这么黏着你，以后会让你去别的城市工作吗？你们毕业就领证吗？”

郝萌会拍着我的肩膀说：“你们家宋远又来接你了，这一次做了什么好吃的呢？我姐和我姐夫都订婚了，你们有计划未来吗？”

母亲也会发消息说：“阿远不仅人品好，还长得好，你可一定要看紧点。”

看着沙发上某个正跷着二郎腿的人，我走过去推了他一下。

为了证明不止我一个人被“三姑六婆”盘问，我旁敲侧击地问了宋远不少的问题，得出的结论就是最近没有人催他干任何的事情，也没有人疯狂地暗示他要做些什么未来的计划，倒是他自己觉得可以开始考虑考研的事了。

所以被催的人只有我，没有他？

我好不平衡……

“今天在街上看到了一对情侣。”

“啊？”他想表达啥？

“他们牵手了。”

“……”

“以后我们出门也要牵手。”

这句话刚说完他就牵起我的手，亲吻了我的手背。

“……”

这个举动好像求婚啊，刚被亲友花式盘问洗脑的我似乎有点儿小激动。

有人说在一起的时间久了就会越来越像，而我想说，我的气质正在疯狂地影响着宋远。

曾经的面瘫开始喜欢笑了，原本除了训我不会说三分钟以上话的高冷男神也开始偶尔碎碎念了，不仅如此还会说冷笑话。

空闲的时候，我们会坐在一起有一搭没一搭地对话。挺拔帅气的男生坐在沙发上，当落日的余晖成为背景的时候，怎么看都好看。

之前根本就不愿意碰辣条的宋远开始给我买小零食，还会给我做手工辣条，麻辣小龙虾、田螺成了一周一次的美食，当我闹小脾气的时候他也会对症下药，用一顿烤串来哄好我的芳心，如果烤串不行，那就再加一份小龙虾。

这法子对别人管不管用我不知道，但是对我来说有奇效。

听中文系的小姐妹说，现在她们如果有问题去请教宋远，他会很耐心地回答，比之前冷冰冰的样子要好太多了。

当然，一个人的本性不会轻易改变，我们之间的微信对话还是三言两语就能够解决，他最喜欢说的还是“嗯”。

可我还是庆幸大神终于“下凡”了，不再是一副冷冰冰的样子，有烟火气息了，也更暖了。

得空的时候，我也会接触他喜欢的领域，值得高兴的是，我们能够一起做的事情越来越多了。但让我最高兴的是，我的颜值好像越来越高了！看来两个人待久了不仅会影响气质，还会影响外貌。

为了庆祝这件事，我拎着宋远去商场买衣服。

为什么是拎着呢？因为他并不喜欢逛商场，没办法接受为了买一条裤子逛几十个店铺。

我觉得这不是我的错，错在服装设计师不够给力。

“洛落，我觉得这件、这件、这件都还不错。”

他快速地点了三件，并表示：“就买这些吧？你要买面膜吗？我们可以去护肤品店逛一逛，或者你的化妆品要再补些新的吗？前面就是美妆区。”

“这一次是我给你买衣服，不是给我买东西。”

在一旁的店主以为可以收钱的时候，我火速把宋远拖了出去，他为了赶紧结束逛街行程而随便挑选的衣服不能算数。

被拖走的宋远沮丧地看了我一眼，表示实在没有就算了吧，网上买衣服也是一个不错的选择。

我不想放弃，说好的出来给他挑衣服，空手而归怎么能行。于是在又逛了几家店之后，我选中了一件白色的衬衫，很衬宋远的气质。

“这个类型的衣服我已经有两件了，而且几天前你还在网上又给我买了一件。”

“……”

“不高兴了？”

心里默默地叹了一口气，其实我想树立一个居家好女友的人设，至少宋远在说到我的时候可以很自豪地说我家女友贤惠又贴心，但是我好像挺失败的。

“好啦。”宋远摸摸我的头，柔声道，“我知道你是想对我好，但是也不用刻意去要求自己一定要为了我达到什么。”

“你惦记着我，这就足够了。”

“真的吗？”

“真的啊。而且其实你选的衣服挺好看的，你买的衣服我就经常穿。”

看着他身上穿着的我为他购买的 T 恤衫，我的情绪总算好了些。

“我们家洛落人美心善，喜欢的东西我也喜欢。”

“那你还不喜欢跟我逛街？”

“我是怕你太累。”

“我才不会！”

于是在我的坚持之下，某人跟我逛街五个小时，从一开始两手空空，到后面拿着大包小包的东西都没有喊一声累。

最后反而是我不行了，瘫坐在椅子上休息。

宋远递过来一杯奶茶：“给你的。”

我接过深吸了一口，感觉整个世界都变得美好了。

奶茶果然是续命佳品。

宋远看着我的样子调侃道：“要不明天再来继续逛吧？”

他其实是故意的，对不对？

我毫无疑问地拒绝了这个提议：“才不要，天天逛街多没意思……哎？天天喝奶茶倒是可以哎！”

“不可以。”

“……”

“如果想喝东西的话可以考虑鲜榨，觉得我做的东西不好喝的话，我可以去奶茶店实习。”

“啊？真的假的？”

几天后，宋远真的去奶茶店上班了，并且每天回来都在家亲手给我准备不同口味的饮品。

有一天，我在喝了一杯淡粉色上面还加着奶盖的特制奶茶后，圈着自家男朋友的脖子由衷地说：“好好喝！宋先生你好厉害，我再也不喝外面的奶茶了！”

宋远结束了他的奶茶店实习生涯，成了我的专属配茶师。

而那款奶茶也有了专属名字：可·爱。

可爱的你可以爱。

番 外

宋远的 21 个答案 /

Q1：听说大神在初中的时候专门去见过洛落，是真的吗？

宋远：也不算，那一次正好要去参加奥数比赛，因为妈妈一直很喜欢洛落，天天念叨，我就对她本人产生了好奇，碰巧见了她。

Q2：有一见钟情的感觉吗？

宋远：没有，感觉她应该……（笑）挺爱闹的。

Q3：那为什么会喜欢洛落呢？

宋远：相处中，越来越觉得她娇憨、单纯、有趣，很可爱。

Q4：对洛落表白的时候心情如何？

宋远：嗯，忐忑，差点被人抢先了一步。

Q5：和洛落同一所大学不是巧合吧？

宋远：不是，和阿姨商量修改了洛落的志愿，服装系报考成功的可能性比较大。

Q6：大神是怎么做到刚开学就对 A 大周边美食了如指掌的？

宋远：A 大附近本身美食就很多，有微博达人做专门的攻略，我大致看了一遍把好吃的都记下来了，算是借用了别人的劳动成果。

Q7：大神赞成洛落吃烧烤、小龙虾这种食物吗？

宋远：街边小吃少吃为妙，但是她喜欢，可以在家做给她吃。

Q8：大神是专门学过跟搭配有关的知识吗？

宋远：没有。是洛落比较夸张觉得我搭配得好，她自己在这一方面其实很在行，她的微博粉丝量就是证明。

Q9：可是似乎有人评价洛落不会穿哎？

宋远：（叹气）那是因为她有时候会懒到穿睡衣出门。

Q10：大神觉得追星有好处吗？

宋远：有一些，洛落 PS、视频剪辑的课程分数很高，对她将来的工作有一定的帮助。

Q11：那大神实际上是不反对洛落追星喽？

宋远：不支持，她早晚会脱粉。

Q12：大神有因为洛落嫉妒过谁吗？

宋远：大卫。那是她除了我之外喜欢了很多年的人，现在的喜欢依然不减当年。

Q13：大神觉得自己做过最浪漫的事情是什么？

宋远：我只是在做力所能及的事情，谈不上浪漫。

Q14：洛落有没有做过一件事让大神很感动？

宋远：为了我专门跑去学做菜，那时还骗我说社团活动太多。

Q15：如果有一台谎言测试仪，你会给洛落用吗？

宋远：不会，洛落不会欺骗我。如果她瞒着我，也是为了给我制造小惊喜。

Q16：那大神觉得洛落会给你测吗？

宋远：不会。她不相信这么无聊的东西，只会觉得与其有时间做这些，不如喝一杯奶茶。

Q17：亲朋好友在线催婚的时候，大神怎么想的？

宋远：等法定年龄。

Q18：有人表示洛落是自己的理想型女友，你怎么看？

宋远：不行。

Q19：很多人谈恋爱分分合合难以长久，你们恋爱保鲜的秘诀是什么？

宋远：给对方独立的空间，了解对方的想法，但不需要对方喜欢什么自己就一定要变成什么样子。过多的压迫感会让人窒息，对双方都是。

Q20：可是你们也有争吵，不会影响感情吗？

宋远：不会。争吵是磨合，也是调味剂。况且，我们从来都没有真正的争吵过。

Q21：有对洛落想说的话吗？

宋远：我想说的，就是这个问题的序号。（21，爱你。）